新典社選書92

ゆく河の水に流れて

――人と水が織りなす物語――

山岡　敬和　著

新典社

目　次

【凡例】

本書に引用した各作品の本文は以下の諸本を使用した。尚、引用するに当たっては、表記などは私意により適宜改変するとともに、漢字を当てルビを付した。また必要に応じて、傍線や傍点などを付すとともに、神名なども適宜カタカナ表記とした。

小学館新編日本古典文学全集を底本としたもの（五十音順）

『伊勢物語』・『雨月物語』・『宇治拾遺物語』・『大鏡』・『好色一代男』・『古事記』・『古今和歌集』・『今昔物語集』・『土佐日記』・『日本霊異記』・『日本書紀』・『枕草子』・『万葉集』・『風土記』・『方丈記』『和漢朗詠集』

岩波新日本古典文学大系を底本としたもの

『拾遺和歌集』・『池亭記』・『堤中納言物語』

尚、ここに挙げた作品以外の底本については、個々の注で各々示した。

序章　《河と水》

はじめに

本書は日本古典文学の中から、《河と水》に関わるさまざまな事項を取り上げ、独自の考察を試みたものである。そこでこの序章では、《河と水》に寄り添いながら本書の概要を述べてゆきたいと思う。ただし、第1章は《山》を取り上げて、山が有する異界性を文学がどう表現してきたかについて論じた。山の神や鬼、あるいは山に暮らす者。この山のモノ達が登場する話において、彼らと里の人々との間で言葉が齟齬・背反する状況が描かれている。やがて山のモノ達は沈黙し山の奥へと姿を消すか、仙人や天狗へと変化《へんげ》する。それこそが山の有する異界性を文学的に表現した結果であった。そしてその考察を踏まえた上で、対象を《河と水》へと転じて以下の章を論じていった。

その1　ゆく河の流れ

《河と水》と聞いて、誰しもが先ず思い浮かべるのは、鴨長明作『方丈記』の冒頭文ではないだろうか。

ゆく河の流れは絶えずして、しかも、もとの水にあらず。

簡潔な一文ながらも、ここには人々の河への思いが凝縮されているだろう。そのため私も本書のタイトルの一部として使わせてもらったのだが、人が河を目にしたときは、やはり流れそのものに目を止めるだろう。和歌においても、

絶えずゆく明日香の川の淀めらば　故しもあるごと人の見まくに　（『万葉集』1379番歌）
吉野河岩波高くゆく水の　はやくぞ人を思ひそめてし　（『古今和歌集』紀貫之　471番歌）
瀬を速み絶えず流るる水よりも　尽きせぬ物は涙なりけり　（『拾遺和歌集』964番歌）

と詠まれているように、それは絶えず流れゆくものとしての河の流動性の把握である。

そしてこの河の流動性の把握は、過ぎ去ってゆくものとしての歳月、すなわち時の流れの認識と呼応してゆく。そこに『論語』の影響などを指摘する向きもある。だが、それはむしろ普

遍的なものであろう。たとえば、

ゆく水とすぐる齢《よはひ》と散る花と　いづれ待ててふ言を聞くらむ　（『伊勢物語』第50段）

とあるように、誰しもが河面を見つめては、その流れ続ける河に「すぐる齢」、すなわち歩んできた自らの年月を重ねては、もう一度やり直せたら、あるいは、長く生きてきたものだな、などとの思いに、河辺にじっと佇んだ記憶を持つに違いない。つまり、人は目の前の河の流れを見つめては、そこに視覚化できない時間の流れを実感してきたのであった。

吹く風の　見えぬがごとく　ゆく水の　止まらぬごとく　常もなく　うつろふ見れば　にはたづみ　流るる涙　留めかねつも　（『万葉集』世間の無常を悲しぶる歌　4160番歌）

と歌われるように、それは「ゆく水の止まらぬごとく、常もなくうつろふ」時の認識、つまり絶えず過ぎ去ってゆく一方で、一瞬一瞬と死に近づいているという時間の経過の認識――無常感――となって、人を悲しみに誘うのである。その無常感を表明した歌として、最も知られているのは、次の歌であろう。

世の中はなにか常なるあすか河　昨日の淵ぞ今日は瀬になる　（『古今和歌集』933番歌）

流域の一定しなかった飛鳥川の名に掛けて、昨日・今日・明日と過ぎ去る時の流れと、淵から瀬への河の流れ方の変化とを結合させて、「常ならぬ」世の中を観念的に打ち出している。この歌を受けて、たとえば、

河は飛鳥川。淵瀬定めなく、いかならむと、あはれなり　（『枕草子』60段「河は」）

などといった具合に、飛鳥川は無常の代名詞として、さまざまな機会にその名が言及されることになる。

こうして河の流れは、先ずは時の移ろい＝無常を具体化・視覚化するものとして、人々に捉えられてきたのである。

だがその把握の一方で、いつも決まった場所に流れている河に対して、

み吉野の秋津の川の万代に　絶ゆることなくまたかへり見む　（『万葉集』911番歌）
あひ見ては心ひとつをかはしまの　水の流れて絶えじとぞ思ふ　（『伊勢物語』22段）

とあるように、河の流れは決して途絶えることなく、いつもそこに存るものとして、その不変性や永続性をもまた人は捉えてきたのである。

つまり、古来人々は河に対して、転変する流れの流動性と、途絶えることのない流れの永続性という、相反する二つの感慨を抱いては、それを和歌に表出してきたと言えるのである。

このことを踏まえて、再び『方丈記』の冒頭文へと戻ってみよう。

ゆく河の流れは絶えずして、しかも、もとの水にあらず。

「ゆく河の流れは絶えずして」の一節が、今述べた二つの感慨、すなわち「絶えず流れゆく河」と「流れは決して途絶えることなく」という、動／静の対立的な把握を拮抗させたところにあることがわかるだろう。そのため、この後に続く「もとの水にあらず」との関係が問題となって、特に、その間に置かれた接続詞「しかも」の働きについては、逆接・添加・同態などとさまざまに論議されてきたのである。その働きがいずれであるにせよ、「しかも」は河の流動性を受けつつも、その不変性を否定するという微妙なニュアンスを含んでいる。つまり、「ゆく河の流れ」が喚起する無常感を継承しつつも、「河の流れが絶えず」あることを、「しかも、もとの水にあらず」と否定しているのである。集合的全体的な《河》から、その構成要素である個としての《水》へと視点を移行していると言えようか。永遠性を有する全体的な《河》に対して、個としての《水》の存在が一瞬一瞬のうちに消え去るものでしかないことを告げて、《河》と《水》との関係をひと言で見事に表明し得ているのである。

だがそれは、歌に詠まれていたように、河の流れが喚起する視覚的な無常感の認識と同質ではない。その認識をさらに一歩深めた地点へと達していると言えば良いだろうか。長明自身、『方丈記』の最初の草稿と目される長享本『方丈記』においては、「ゆく水の流れは絶えずして」としていたのに対して、完成稿とみられる大福光寺本『方丈記』では「ゆく水」から「ゆく河」へと改変することによって、その思索を深めたということになる。

長明は前の冒頭文に続けて、

よどみに浮かぶうたかたは、かつ消え、かつ結びて、久しく留まりたるためしなし。世の中にある人と栖《すみか》と、またかくのごとし。

と、「ゆく河」の流動性に対して、静止したイメージを喚起する「よどみに浮かぶうたかた（泡）」を対句として挙げて、それが「かつ消え、かつ結びて」と、生滅を繰り返すはかなさを提示している。それは和歌においても、

巻向《まきむく》の山辺とよみてゆく水の　水泡《みなは》のごとし世の人我等は（『万葉集』柿本人麻呂　1269番歌）
流れゆく水に玉なすうたかたの　あはれあだなるこの世なりけり（『山家集』817番歌）

と、「ゆく水」の生み出す「うたかた」にこの世の生を象徴させて、そのはかない命を同様に慨嘆している。がしかし、この泡の認識においても、これらの歌と『方丈記』には決定的な違いがある。和歌は生じた泡がはかなく消えてゆく無常感を歌うのに対して、『方丈記』は「かつ消え、かつ結びて」と、消えてはまた生まれる、泡の永続性を指摘した上で、「しかも」、一つ一つの泡が「ひさしく留まりたるためしなし」と提示するのである。それは《河》と《水》

との対比に見られたように、全体的な永続性・不変性に対して、個としての存在の瞬間性・無常性の認識であり、社会において個人として生きることの、言わば、死ななければならない《生》が置かれた宿命の認識である。したがって、それは単に河の流れや泡のはかなさに対して刹那的に感じる詠嘆的な無常感ではなく、人類という歴史のなかに一己の人間としてあることを思惟する思索的な無常観と言えるだろう。

この無常観を長明は、「世中にある人と栖と、またかくのごとし」と、人と住居の問題として展開してゆくのである。その際、長明の思考の独自性を示すのは、人間の無常だけではなく、「栖」の無常を問題とした点にある。続く一節で、

知らず、生まれ死ぬる人、いづかたより来たりて、いづかたへか去る。

と述べているように、人の生死や宿命としての無常に対しては、どうしてと問いかけても答えなどない。それに対して住居は、

知らず、仮のやどり、誰が為にか心を悩まし、何によりてか目を喜ばしむる。

と、人のときと同様に「知らず」と述べながらも、誰のために何のために家を建てるのかという問いかけには、答えを出すことが可能である。つまり、『方丈記』という作品はこの問いかけに対する解答を示した作品と言うことができるのである。

長明が採ったこの創作方法については、第２章「『方丈記』の方法」で確かめてもらうこととして、河の流れの前に佇む長明が思い浮かべた河は、どこの河だったのだろうか。彼が草庵を営んだ日野山の麓を流れる宇治川だったのだろうか。それとも下鴨社の禰宜職にあった父の許で過ごした地を流れる賀茂川だったのだろうか。

宇治川といって思い浮かぶのは、やはり『源氏物語』宇治十帖の世界、特に浮舟の入水譚であろう。

その２　《河と死》

人が生きてゆく上で、河や水が不可欠のものであることは言うまでもない。だが逆に、その河や水は人の命を奪うものでもある。その苦しみを鴨長明は、或る僧の体験として、次のように述べている。

彼の水に溺れて既に死なむとせしを、人に助けられて、からうして生きたる事侍《はべ》りき。その時、鼻・口より水入りて責めし程の苦しみは、たとひ地獄の苦しみなりとも、さばかりこそはと覚え侍りしか。然《しか》るを、人の、水を安き事と思へるは、未《いま》だ水の、人殺す様を知らぬなり。

（『発心集』巻三「蓮花城、入水事」）

この話は、蓮花城《れんげじょう》という聖が桂川での入水往生《じゅすいおうじょう》を決めたのだが、「水の、人殺す様」を軽視していたため、死に際にためらいを覚えて往生できず、霊となってその悔しさを述べる、という内容である。このときには同時に十一人もの修行者達が入水自殺を遂げたことが記録に残されている。だが長明は、火中に身を投じるよりは入水《じゅすい》のほうが楽だという、彼らの安易な入水行を、「外道の苦行に同じ」と厳しく非難している。入水の苦しみを、「たとひ地獄の苦しみなりとも、さばかりこそは」と表現した長明は、「水の、人殺す様」を知っていたのだろうか。同じ表現は、武蔵国を流れる入間《いるま》川が氾濫したとき、家族を捨て自分だけ泳いで逃げようとした男が、葦の葉に縋って、身体中を無数の蛇に巻きつかれながら溺死を免れる、という話（巻四「武州入間河、洪水の事」）の中でも使われている。この洪水では、汀《みぎは》に打ち寄せられたる男女・馬・牛の類《たぐ》ひ数も知らず」と、数多くの人々が「地獄の苦しみ」にもまさる苦患の中で命を失うのである。

毎年のように繰り返される河の氾濫・洪水によって、自分の意志とは無関係に死を余儀なくされた人々。その苦しみを想って、長明は自ら入水する愚かさを、「大きなる邪見と云ふべし」と戒めたのであろうか。だがその甲斐もなく、「桂川に身投げむずる聖《ひじり》」（『宇治拾遺物語』第133話）として、入水往生を材料に人々を騙す僧まで登場してくる。したがって、当時桂川が入水の地として聖達の投身の場であったことが窺われるのである。

では、なぜ桂川が入水の場として選ばれたのだろうか。「桂」の地名に関して、「時に、一つの湯津《ゆつ》の桂の樹あり。月読尊《つくよみのみこと》、乃《すなは》ちその樹に倚《よ》りて立たしき」（『風土記』逸文（参考）「桂里」）と、月読尊が桂の木に降臨したことに拠るとする。

この伝説にみられる月と桂との結合は、中国の月の桂の故事――月には高さ五百丈の桂の木があって、一人の男が常に伐るも、直ぐに接合する――に基づくのだろう。そして、この故事が満ち欠けを繰り返す月の永遠性に関わっているように、月の神格化された月読尊自身も、

天橋も　長くもがな　高山も　高くもがな　月読の　持てるをち水　い取り来て　君に奉りて　をち得てしかも

（『万葉集』3245番歌）

とされる、若返りをもたらす聖水《若変水《をちみず》》の所有神であった。それを踏まえて、たとえば、任国土佐から京へと戻ってきた紀貫之が、

「この川、飛鳥川にあらねば、淵瀬さらに変はらざりけり」と言ひて、ある人の詠める歌、

ひさかたの月に生ひたる桂川　底なる影も変はらざりけり。

（『土佐日記』二月十六日の条）

と詠んでいるように、無常を象徴した飛鳥川に比して、桂川は月の桂との連想の上に永遠性と関わって捉えられてきたのである。しかも仏教徒にとっては、月の美しさは浄土そのものを象徴するものでもあった。

こうして桂川は、清浄なものへと再生・復活を可能にする月の信仰に関わる河として、入水の場所に選ばれたと考えられる。長明は批判をしていたが、往生をめざして入水した聖達は桂

川の《水》を潜《くぐ》り抜けることによって、濁世《ちょくせ》から浄土への再生を果たそうとしたのだろう。そしてそれは、水の有する浄化力への信仰＝聖水信仰と密接に関わってゆくと思われる。

「若変水」に代表される聖水信仰にあって、《水》の呪力を管掌し、大嘗祭に際し沐浴の神事に携わる女を、「水の女」として論じたのは折口信夫である。(1)折口はその論の中で円野比売《まとのひめ》に触れて、最初の入水自殺者として史書に現れる彼女にも「水の女」としての面影があることを指摘している。

ところで、『江家次第《ごうけしだい》』を初めとした平安時代中頃の大嘗祭の史料をみると、悠紀殿《ゆきどの》・主基殿《すきどの》での神事斎行《さいこう》に先立つ、天皇の廻立殿《かいりゅうでん》における沐浴に供奉《ぐぶ》するのは、「山蔭《やまかげ》中納言の子孫」達である。天皇は天の羽衣《あまのはごろも》を身につけ湯に入ると、彼ら一族の選ばれた者がその背を三度撫でるのである。この秘事が何を意味するか。それについてはこれまで触れられることはなかった。そこでこの問題について大胆な仮説を展開したのが、第7章「山蔭中納言と天の羽衣」である。

ぜひともその是非を検証してもらいたいのだが、それはさておき、再び円野比売に戻ると、彼女は垂仁天皇によって丹波国から召された、水の神に仕える四人姉妹の末娘（弟姫）であり、彼女が天皇から召されるきっかけとなったのは、兄沙本毘古王《さほびこのみこ》の謀反に加担した皇后沙本毘売《さほびめ》に向かって垂仁天皇が、「汝の堅めしみづの小佩《をひも（をおび）》は誰かも解かむ」と問いかけたとき、サホビメは姪に当たるマトノヒメ達四姉妹を推挙したことによる。

だがマトノヒメは、醜い容貌ゆえに故郷に帰されることとなり、それを恥じて故郷への帰途、「弟国《おとくに》に到りし時、遂に峻《さが》しき淵に堕《お》ちて死にき」と入水自殺して、堕国《おちくに》→弟国《おとくに》→乙訓《おとくに》へと到る地名起源譚の中に組み込まれている。彼女が身を投じた「峻しき淵」を特定することはできないけれど、『日本書紀』が終焉の地を「葛野《かどの》」としていることから、かつて「葛野川」と呼ばれ、現在乙訓の地を流れている桂川とみることは許されるだろう。とすると、マトノヒメは同じ河に身を投じた聖達の嚆矢《こうし》と言えよう。皇妃の一人として召されながらも、醜貌ゆえにその道を閉ざされたマトノヒメ。龍宮城の乙姫が象徴するように、彼女もその出自である水界へ、弟姫として帰っていったのであった。そんな彼女の入水の理由を含めて、《水の世界の女性》達の姿を詳細に論じたのが、第6章「醜女・産女・橋姫の考察」である。この6章では醜女マトノヒメに続けて、産女・橋姫を取り上げている。

先ず産女であるが、源頼光の家来平季武《たいらのすえたけ》は、産女が出現すると噂のある美濃国の河の渡しを、渡河できるかどうか仲間と賭けをする。その河に出かけた季武は、季武、河ヲザブリザブリト渡ルナリ。既ニ彼方ニ渡リ着キヌ。（中略）暫許《しばしばかり》有リテ、亦《また》取リテ返シテ渡リ来《く》ナリ。其ノ度聞ケバ、河中ノ程ニテ、女ノ音《こゑ》ニテ、季武ニ現《あらは》ニ、「此レ抱《だ》ケ抱ケ」ト云フナリ。亦児《ちご》ノ音ニテ、「イガイガ」ト哭《な》クナリ。

と河を渡って戻る際、赤ん坊を抱いた産女と河の中で遭遇する（『今昔物語集』巻二十七ノ43話）。一般に産女は「女ノ、子産ムトテ死ニタルガ、霊ニ成リタル」（同前書）とされるが、実はサホビメと同じ、男に強力を授ける《水の世界の女性》の一人であった。

一方橋姫は、

さむしろに衣片敷《ころもかたし》きこよひもや　我を待つらむ宇治の橋姫　（『古今和歌集』689番歌）

という歌で知られる宇治の橋姫をはじめとして、橋姫自体がさまざまな伝説の持ち主であるが、その多様な姿の根底に《水の世界の女性》が宿命として有する三角関係が存在していて、それが橋姫の様々な物語を次々と生み出していると考えられる。

特に嫉妬深い女が宇治川に漬かって、鬼女へと変じる橋姫（『平家物語』剣巻）は出色である。

その詳細は第6章に譲るとして、前の産女も河の中に出現したように、河に浸かって鬼へと変わる橋姫は、河が異界に通じる境界であることを如実に表しているだろう。そこで次にそれに触れておこう。

その3　境界としての《河》

河にこうした境界としての性格が生じたのは、河の流れがその流域を二つに分断するからに外ならない。現在も県境などの土地の境目に河が位置していることが多いように、河は地理的・空間的に境界をなしている。その実際上の河の機能は必然的に心理的なレベルにおいて、自分達が属するこちら側の世界（此岸）と、そうではないモノ達＝神・仏・死者・霊・鬼・異類などの属するあちら側の世界（彼岸）という認識を構成する。そしてそこに実際の河での死が加わることによって、河の彼岸は人以外のモノの住む異界へと繋がってゆく。そうして河は未知／既知を、あるいは異常世界／日常世界を、隔絶するとともにまた媒介するという境界の位相に置かれるのである。

それを示すのが近江国瀬田の唐橋を渡った東人《あづまびと》が、そこに建つあばら家で鬼に襲われる話

(『今昔物語集』巻二十七ノ14話)、あるいは想いを懸けた女を盗んで逃げた男は「芥河といふ河を率《ゐ》て行き」、荒れ果てた蔵のなかに置いた女を鬼に喰われてしまう話(『伊勢物語』第6段)である。こうした河を越えることで霊鬼と遭遇する話は多いものの、その一方で神仏との出遭いを語る話は限られている。この点に河の置かれた位相をみることができるだろう。

先ず仏との出遭いは、大井川の河辺で砂の中から「我を取れ、我を取れ」との声がして、掘ってみると薬師仏の木造であった話(『日本霊異記』中巻第39話)や、橋が壊れて渡れない河辺の法師を仏の化現した老翁が渡してくれた話(同書上巻第6話)などがある。

そして神との出遭いは、壬申の乱に際して大海人皇子が長良川の上流墨俣《すのまた》の渡しで、不破明神が化現した洗濯女と出遭い、彼女の援助を受けて大友皇子を打ち破り、天武天皇として即位する話(『宇治拾遺物語』第186話)が著名である。

この話は貴種流離譚の完成された形をみせているため、貴種流離譚を考える上で最も重要な話である。貴種流離譚とは正統な王権の継承者が誰であるかを明らかにする物語であり、その正統な王にもかかわらず王座から排斥された貴種達が、和歌・物語といった日本の文学を次々と発生させてゆく。そこで、この大海人皇子話からスタートして貴種流離譚と文学発生について論じたのが、第3章「貴種流離譚と文学の発生」である。この章では、日本文学の根底に潜む問題について自説を展開した。

さらに、異界へと河を越える代わりに、そこに架かる橋が異界との遭遇へと導く話も多い。前に挙げた鬼女橋姫は一条戻橋において源頼光の家来渡辺綱《わたなべのつな》を襲い、髭切《ひげきり》の太刀でその片腕を切り落とされる。その一条戻橋自体も三善清行が蘇生したことに拠る命名であった。同様に橋が死の世界と繋がっている話として『宇治拾遺物語』第57話では、死後蛇に転生した女が石橋の下から現れ、自らの境遇を夢で語り、「おのれは人を恨めしと思ひし程に、かく蛇《くちなは》の身を受けて」と告げる。すなわち女性の持つ邪性（カオス）が、蛇の有するカオス（蛇性）と結びつき、両者は密接に絡まってゆくのである。そんな《女と蛇》との関係について、「蛇と婚姻する女」、及び「蛇へと変身する女」を取り上げ論じたのが第4章「蛇考」である。それに合わせて、作り物の蛇を贈られ、懸命に仏教的に解釈しようとする「虫愛づる姫君」を取り上げて、毛虫をかわいがるという彼女の異様な行為の意味するところを、第5章「《性愛》の物語」で考察した。

おわりに

以上《河と水》に託しながら、第1章から第7章に渡る本書の概要について触れてきた。人の《生》に欠かせないはずの《河と水》は、文学においてはむしろ無常・入水・異界といった具合に、《死》そのものと強く繫がっている。おそらくそれは《河》が人の管理し得ない《自然》そのものであったからに外ならないだろう。そんな人と河との関係について本書を通して、少しでも明らかにできたらと願っている。

注

（1）「水の女」（『折口信夫全集』2　中央公論社　1995年3月）。

第1章 《山》

――文学は異界としての《山》をどう表現してきたのか――

はじめに

山が平地に暮らす人々にとって、非日常的な異界・他界として在ることは言うまでもないだろう。それを証するためには、山に棲む神・天狗・鬼などに関わる説話か、山に死体が棄てられている説話を列挙すれば事足りるであろう。だが、その安易さを避けるために、あえてこの論では言葉の問題から入ってゆくこととする。

その１　背反する言葉

十三世紀に成立した仏教説話集『閑居の友』は、妻に罵られ、履物で顔を踏まれるという屈辱を受けた男の話を伝えている(1)。そのまま家を出て行方不明となった男は、半年ほどして深い山の中で隣里の男と行き合い、家を捨てた事情を次のように説明する。

ましてて、したる事もなくて、あの世にて鬼に面踏《つら》まれむ事こそかなしくあぢきなけれ。しかじ、早くかかる憂《う》き世の中を遁《のが》れて、後世《ごせ》とらむと思ひて、やがてなむ走り出《い》でにしなり。さて、鎌を腰に差したりしをもちて、手づから髪を切り捨てて侍《はべ》る。

この男にとって妻の突然の仕打ちは、鬼の暴力にも等しいと思われたのだろう。妻に顔を踏まれた屈辱を、地獄の鬼に顔を踏まれる無念さへと翻転して、男は後世往生のために自ら髪を切り落とす。

そうして始まった山中での暮らしについて、男はこう説明する。

食ひ物は折にふれて、木草の実あるを、石になどにてうち叩きて食へば、全く飢えにのぞむ事なし。折にふれつつ、風の吹き、木の葉の変はりゆくを時にて、楽しみ身にあまりておぼゆるなり。

僅かな食料で飢えを凌《しの》ぐ生活を「楽しみ身にあまりて」と告げる境地は、日野山の奥に草庵を結んだ鴨長明が『方丈記』の中で、衣食のたぐひ、また同じ。藤の衣、麻のふすま、得るにしたがひて肌《はだへ》を隠し、野辺のおはぎ、峰の木の実、わづかに命を継ぐばかりなり。人に交じはらざれば、姿を恥づる悔《くい》もなし。糧乏《かてとも》しければ、おろそかなる哺《ほ》を甘くす。惣《すべ》て、かやうの楽しみ、富める人に対して言ふにはあらず。ただ我が身ひとつにとりて、昔、今とをなぞらふるばかりなり。

と述べた言葉と重なってゆく。

彼らが食べ物とした「木の実」を具体的に求めると、越後国鍫取《くわとり》山の山中に棲んだ上人《しょうにん》が食した「苦き杼《とち》」の実（『大日本国法華経験記』第47話、以下『法華験記』と表記する(2)）や、比叡山延暦寺を捨て播磨国雪彦山に棲んだ玄常が「一百果の栗を以て一夏九旬を過ごし、一百果の柚《ゆ》を以て三冬の食」とした栗や柚（同書第74話）、また夫の死を契機に摂津国の山の中に暮らす尼が「五穀を断ちて、いちひ樫《がし》の実をなむ取り置きて、食ひ物には調じ」ていたどんぐりの実（『閑居の友』下巻第1話）などを挙げることができるだろう(3)。

特に「いちひ樫」の実だけの食事に、「色も蒼《あを》み衰へて、よしあしも見えわかぬほど」と形容される摂津国の尼の容貌は、「別人かと思われるほど痩せ衰えた」長明のそれと同じである(4)。人界に暮らす者は、その変貌の根底に苛酷な飢えの「苦しみ」を想像するだろう。だが、山に棲む者達の言葉は「楽しみ」としか返ってこないか、あるいは、蟄取山の上人や雪彦山の玄常のように「咲《ゑみ》を含みて」と形容されるだけである。それに対して、我々平地に暮らす者は、嘘ではないかと思わず疑念を挿みたくなる。

山に遁れた者と、里に暮らす者（以下、《山》の対概念として《里》という言葉を用いる）との間にある、この言葉の齟齬《そご》は何を意味するのであろうか。

山を棲み処とする者が、「楽し」とその生活に充足している状態を、厳しい修行の結果だと考えるのが一般的な見方であろう。事実、法華経の霊験を集めた『法華験記』が記した蟄取上人や玄常のほほ笑みは、法華経持者としての信仰と苦行の結果として描き出されている。

さらに、西行法師が知人の先達行宗《ぎょうしゅう》に誘われて、大和国の大峰山に入ったとき、余りに厳しい指導に泣き出した西行。そんな彼に向かって、行宗が三悪道の苦患《くげん》に触れて、「日食《にっしょく》少しきにして、飢え忍びがたきは、餓鬼のかなしみを報ふなり」と諭した結果、西行は「すくよかにかひがひしく」振る舞ったと伝えている。(5) とすれば、餓鬼道の苦行として心から飢えに堪えることで、「楽し」という境地へと到達が可能ということになる。ただし、この西行の説話の場合、山入り前に行宗が山伏としての苛酷な修行は課さないと西行に約束しておきながら、大峰入りしてからは打って変わり厳しく指導したという点が気にかかる。なぜ行宗の山入り前の言葉と、山入り後の行動は齟齬しているのだろうか。それに『法華験記』のように伝説化による誇張の網を通り抜けていない「常陸国の男」や鴨長明に対して、難行苦行の結果だという考えをそのまま当て嵌《は》めてしまうのも無理がある。

そこで、山に棲む者の言葉を、苦行や解脱《げだつ》といった宗教的な体験とは一旦切り離して考えてみることにしよう。そうすると、『宇治拾遺物語』が伝える人間と鬼との出遭いの場面は示唆的である。

先ず「瘤《こぶ》取りじいさん」の名で親しまれた「鬼に瘤取らるる事」『宇治拾遺物語』第3話）では、酒宴の場に躍り出て舞った翁に対して、鬼が再訪の約束の質として瘤を取ろうとして、次のように述べる。

「かの翁が面にある瘤をや取るべき。瘤は福の物なれば、それをや惜しみ思ふらむ」。

瘤を福の物とする鬼の発言は、瘤ゆえに人との交わりも避けてきた翁の現実とは逆転したところにある。翁にとって瘤とは、不幸の物以外何物でもなかったはずだ。

さらに、山中での鬼との遭遇を伝える「伊良縁野世恒《いらえのよつね》、毗沙門《びしゃもん》御下文《くだしぶみ》の事」（同書第192話）

でも同様である。越前国の伊良縁野世恒が毘沙門天の加護を受けて貰った手紙には、「米二斗渡すべし」と書かれていた。世恒がその手紙を持って、「北の谷、峰百町を越えて、中に高き峰」へと行くと、その前に現れ出た「額に角生ひて、目一つある」鬼は、その手紙を読んで、「これは二斗と候《さうら》へども、一斗を奉《たてまつ》れとなむ候《さうら》ひつるなり」と言って、なぜか一斗だけを世恒に渡すのである。ここでも里での手紙には二斗とあった米が、鬼の言葉では一斗へと変換されてしまうのである。

こうして山に棲む鬼の発言は、ことさら里での価値や量を反転したところに措《お》かれていることが確認できる。つまり、里での認識とは逆転した発言を通して、鬼そのものや山が有する非日常性を表そうとしているのではないだろうか。

それは山の神との出遭いにおいても同様だと思われる。倭建命《やまとたけるのみこと》は東征の途次、伊吹山の神が白猪として正身で現れたのに対して、「是の白き猪《ゐ》と化《な》れるは、其の神の使者《つかひ》ぞ」と言挙げした結果、氷雨《ひさめ》により「打ち或《まど》は」されてしまう。この話では、里の者である倭建命が山の神に対して、「神の使者」と正反対の指示内容を発しているのである。

それは雄略天皇と一言主《ひとことぬし》の神との出遭いにも当てはめることができるだろう。葛城山に登った天皇と全く同じ服装をした一言主の神に出遭い、神が「吾《あれ》は悪《まが》事も一言、善《よ》事も一言、言離《ことさか》の神」と自らを明らかにしたのに対して、天皇は「恐し、我が大神。うつしおみにし有れば、覚らず」と答える。従来この場面は主語の解釈が一定していないのだけれど、この「うつしおみ」＝「現実の人間」の主語を一言主の神とすると、倭建命同様に雄略天皇も、山の神を「神に仕える人間」と表現したことになる。このことを踏まえて『日本書紀』の同じ記事をみると、天皇に正体を尋ねられた一言主の神が、「現人之神なり。先づ王の諱《いみな》を称《なの》れ。然して後に遵《い》はむ」と答える。この「現人神」も一言主の神自身ではなく、雄略天皇への呼びかけと捉えることで、以下の文脈にもスムーズに繋がってゆくのではないだろうか。つまり、一言主の神と雄略天皇は一対をなしながらも、神⇓「うつしおみ」、天皇⇓「現人神」と、その発する言葉と指示内容が逆転していることとなり、『宇治拾遺物語』の鬼の状況と重なってゆくのである。

そしてそう考えると、一言主の神が自らを「言離の神」と称する言葉自体、「言逆の神」ではないかとさえ思われる。その是非はともかくも、里に暮らす者と山に棲む鬼や神との対話は、互いに齟齬・逆転し合う関係にあることがわかるだろう。したがって、「常陸国の男」や鴨長明など山に棲む者達の言葉に、我々里に暮らす者が疑念を挿みたくなる根底にも、同様の状況が潜んでいるのではないだろうか。

それは、「山立《やまだち》」という語が一般には「山賊」の意義を持つにもかかわらず、山に暮らす狩猟民であるマタギが、自分達の由来を述べた書を『山立由来記』と呼んでいることへと繋がってゆく問題である。

さらに逆転してゆくのは言葉だけの問題ではない。『宇治拾遺物語』の鬼は一般的な鬼の像《すがた》――人を襲って喰うという像とは逆転して、瘤を取ったり尽きぬ米を授けたりと、むしろ福の神と言っても良い姿を見せている。

それを最もよく象徴しているのが、鬼の中で唯一泣きながら現れる、「日蔵上人《にちぞうしやうにん》、吉野山にて鬼に逢《あ》ふ事」（『宇治拾遺物語』第134話）に登場する鬼であろう。日蔵が吉野山にて修行中、丈《たけ》七尺ばかりの鬼に出遭うと、鬼は泣きながら、

人のために恨みを残して、今はかかる鬼の身となりて候《さうら》ふ。さてその敵《かたき》をば、思ひのごとくに取り殺してき。それが子・孫・曾孫《ひこ》・玄孫《やしはご》にいたるまで、残りなく取り殺し果てて、今は殺すべき者なくなりぬ。（中略）我一人、尽きせぬ瞋恚《しんい》の炎に燃えこがれて、せん方なき苦のみ受け侍《はべ》り。

と自らの境遇を伝えるのである。日蔵と言えば、『道賢上人冥途記《どうけんしょうにんめいどき》』の作者（語り手）として

著名な僧である。金峰山での修行中に一旦死して後、蘇生した日蔵は、死後太政威徳天《(たいせい)だじょういとくてん》と化した菅原道真《すがわらのみちざね》の言葉や、地獄の苦を受ける醍醐天皇の姿を伝えたのである。その日蔵から連想される菅原道真との出遭いを踏まえて、この鬼の発言、「その敵をば、思ひのごとく取り殺してき」という言葉を読むとき、菅原道真が彼の左遷に関わった藤原時平以下の敵や、保明《やすあきら》親王・慶頼《よしより》王などの醍醐天皇や時平の子孫を次々と恨み殺したとされる伝承が思い起こされてくるだろう。つまり、ここに現れた鬼とは、人界において太政威徳天として霊威を振るい、雷神・天神として畏怖と信仰の対象となった道真の反転した裏側の姿に外ならないのである。(6) 次々と敵を呪い殺した瞋恚の罪によって、山中に泣く鬼と現れた道真は、頭から炎を燃やしながら山の奥へと姿を消すのであった。

この他に山中に出現する鬼としては、但馬国《たじまのくに》の山寺において老僧を喰い殺した牛鬼の話(『今昔物語集』巻十七ノ42話)と、山中で鹿狩りをしている兄弟を襲って手を斬られる鬼の話(同書巻二十七ノ23話)がある。だが前者の話は山に住む鬼の姿を伝えるものではなく、牛鬼を調伏する毘沙門天を召喚し得た法華経読誦の功を喧伝する話である。それに対して後者の鬼は、実はこの兄弟の母親であり、里では母親、山中では鬼と変身を遂げている点が注目される。それは『宇治拾遺物語』の鬼が福の神と現れているのと同様に、山に入ると姿が反転する鬼の位相の中に含めて考えることができるだろう。

以上、山に棲む鬼達の言葉が里の言葉とは背反するところに措《お》かれているだけでなく、その形相や行為もまた通常の形から逆転するところに描き出されているのである。それは言い換えれば、鬼が棲む《山》そのものも、《里》に対して背反・逆転するところに措定されているということであり、その《山》へと世を遁れた者達の発言もまた同じ位相にあることを意味するだろう。つまり、最初に挙げた「常陸国の男」や鴨長明が発した「楽し」という言葉は、彼らが《山》で生きているということの徴《しる》しに外ならないのである。

その2　偽りとしての言葉

《山》における言葉が、本来的に《里》の言葉と背反するところに措かれているとしたら、次に生じるのは言葉の真偽の問題であろう。そこで、その状況を示した説話を確認してみよう。

唐に在る大きく高い山の麓に住む老婆は、どんな日にも毎日その山に登っては、頂上に建つ卒塔婆を確認していた。それを見た里の若者たちが、老婆にそのわけを尋ねると、「この卒都婆に血の着かむ折になむ、この山は崩れて、深き海となるべき」との、父からの教えであると答える。それを聞いた若者達は悪戯をして卒塔婆に血を塗り付けると、翌日本当に山は崩れて深い海となり、老婆以外の里人は全て死んでしまう（『宇治拾遺物語』第30話）。この老婆は麓に住むとは言っても、山とともに生きていることは言うまでもない。その山の者としての老婆の予言は真実でありながら、里に暮らす若者達にとっては愚かな嘘でしかなかった。つまり、この話は山と里とによって、一つの言葉が真実から虚偽へと反転してゆく状況を表しているのである。特に注目されるのは類話との違いである。水辺を舞台にした中国の類話では城や町などが水没し、島を舞台にした日本の類話でも島そのものが海底に没している。(7) したがって本来この話は水辺を舞台に生まれたと考えられ、それを改作するにあたって山へと変更したのである。そのために山が崩れて海になるという不自然な災害が生じたのである。だが、その過ちを犯してまで山を舞台に設定したのは、若者と老婆で言葉の解釈が反転する状況が描き出せる場は、山以外なかったということを意味しているだろう。

同様の話として、『今昔物語集』が伝える「修行僧義睿《ぎえい》、大峰の持経仙に値《あ》へる語」がある。義睿は金峰山へと参詣した帰りの山中で道に迷い、十数日彷徨《さまよ》った後に、すばらしい造りの建物で、庭に「諸《もろもろ》ノ花栄《さ》キ実成リテ妙ナル事限リ無」き僧房に行き遭う。そこに暮らす聖人《しょうにん》は比叡山を棄てて、諸国を流浪した後、人の訪れも無き山中に八十年余り暮らしていると義睿

に告げる。それを聴いた義睿は、

「人来ラズト宣《のたま》フト云ヘドモ、端正《たんじゃう》ノ童子三人随《したが》ヘリ。此《こ》レ聖人ノ虚言《そらごと》ゾ」（中略）

「聖人老耄《らうもう》ナリト宣フト云ヘドモ、形ヲ見レバ若ク盛リナリ。此レ亦《また》、言《こと》ノ計ラフ所カ」。

と詰問する。それに対して、聖人は長年法華経を読誦《どくじゅ》してきた功徳《くどく》で、天童が給仕し不老不死になったのだと答える。この聖人の属する時空間は法華経信仰の下に現実から遊離して、楽園へと変貌を遂げてしまっている。だが義睿が聖人の言葉に対して「虚言ゾ」と非難する様子は、山に暮らす者の言葉が里の者にとっては虚偽としか理解されない状況を示している。若く端正な顔立ちの聖人が百歳近い老いぼれだと告げた言葉は、痩せ衰えた遁世《とんせい》者達がその暮らしを「楽し」と告げた言葉と表裏一体のものである。両者ともに、山における現実が里での常識とは別の次元に在ることでは変わらない。その次元の差ゆえに、山中には架空の楽園が構築されてゆくのである。

こうして里に暮らす者が、山中において山に棲む者の言葉を耳にしたとき、それが虚偽としてしか理解されない状況が、山と里との間には確かに横たわっているのである。

一方、その逆の場合も『発心集《ほっしんしゅう》』で確認してみよう(8)。美作守《みまさかのかみ》藤原顕能《あきよし》の許《もと》に年若い僧が物乞いに訪れて、若い女と関係して出産が迫っていることを告げる。食べ物を与えた顕能が不審に思って下人に後を付けさせると、その僧は「北山の奥にはるばると分け入りて、人も通はぬ深谷に」在る柴の庵へと帰る。そこには女の姿などなく、僧は一人法華経を読誦している。そのことを知った顕能が後日食べ物を贈ると、僧は何処かへと姿を消してしまう。

山中に棲むこの僧は里に物乞いに現れて、女性と邪淫の罪を犯してしまったと自ら嘘の告白をする。それに対して作者である鴨長明は、

実に道心ある人は、かく我が身の徳を隠さむと、過《とが》をあらはして、貴まれむ事を恐るるなり。

と述べて、この僧の嘘の告白が徳を隠すための偽悪的行為であり、「貴し」という評価を避けるためのものであるとする。この時点で長明はまだ実際に山に暮らしていなかったのだろうか、この説明は里の者の立場から、この僧の「貴さ」をさらに強調しているに過ぎない。

確かに出家遁世して山へと入ることが「貴き」ものとして賞賛されたことは、『今昔物語集』が載せる「丹後守《たんごのかみ》藤原保昌《やすまさ》朝臣《あそん》ノ郎等《らうどう》、母ノ鹿ト成リタルヲ射テ出家スル語」を見れば明白である。

丹後守藤原保昌の家来は、亡くなった母が鹿へと転生《てんしょう》したことを夢で知らされながらも、現れ出た鹿を前に本能的に弓を射てしまう。死にゆく鹿の顔が亡き母の顔と化したのを目にした瞬間、「悔ヒ悲シブ」家来はその場で髻《もとどり》を切り落とす。そして、

明クル日ノ暁《あかつき》ニ、其ノ国ニ貴《たふと》キ山寺ノ有リケルニ行キニケリ。道心深ク発《おこ》リニケレバ、其ノ後、退スル事無クシテ、極メテ貴キ聖人ニ成リテ、貴ク行ヒテゾ有リケル。

と伝えられる。ここで「貴し」という語が三度に渡って繰り返されているように、遁世としての山入りはどこまでも「貴し」という賛嘆の言葉の中に包まれてゆく。だがそれは、この家来が殺生の罪を悔悟して髻を切り落としたことへの仏教的な徴《しる》しづけに外ならない。「貴し」という言葉は、鹿の顔が母へと化すという体験を抱えて山へと入った彼等の現実とは、無縁のところで空しく繰り返されているだけである。

したがって里に下りて来て、女を妊娠させたと嘘を告白した僧の行為も、「貴し」という評価を避けるための隠徳ではなかっただろう。それは山と里との言語状況を反映して、山に暮らす者が里に下りてきたとき、里人に向かって発する言葉は、山での僧の現実とは反転した虚偽としか現れないということを表しているのではないか。つまり、山に棲む者の言葉を山中で聞いた里の者はそれを偽りだと思うとともに、山に暮らす者が里で自らを語る言葉もまた偽りでしかない。なぜなら両者の言葉は本来的に背反する位相に措《お》かれているのだから……。したがって、ここには《山》に棲む者と《里》に暮らす者とが、どこまでも一つになれない関係が示されているのであり、換言すれば、両者の《生》のかたちもまた同様の位相にあることを示しているのである。

では、女を妊娠させたという嘘の告白が露見した後、行方知れずとなった僧は、その後どうなったのであろうか。

その手掛かりを与えてくれるのが「越前守《えちぜんのかみ》藤原孝忠《たかただ》ノ侍《さむらひ》、出家スル語」という説話である。この話は複数の説話集に載せられているのだが、[9]ここでは『今昔物語集』（巻十九ノ13話）を取り上げ確認してみたい。

着る物とてない年老いた侍が、見事に詠んだ歌の褒美として主人孝忠から衣服を貰い、それを自らの後世往生のための布施として、「貴キ山寺」の僧に差し出し念願の出家を遂げる。だが宿願を果たしたはずの老侍は、そのまま行方不明となってしまう。それに対して、『今昔物語集』だけが、

人ヲ東西南北ニ分ケテ尋ネサセケレドモ、遂《つひ》ニ有リ所モ知ラズシテ止ミニケリ。道心固ク発《おこ》リタリケルニヤ。然《しか》レバ、人モ知ラヌ深キ山寺ナドニコソハ有リケメ。

と、他の説話集が持たない一文を付加する。死を間近にしたこの老侍にとっては、「貴キ山寺」は最終目的地ではなかった。そこで『今昔物語集』は、彼の逃避行の先に「人モ知ラヌ深キ山寺」を仮構して、救いをそこに託したのであろう。その仏教的記号としての「寺」を剝ぎ取ったとき現れ出てくるのは、「人モ知ラヌ深キ山」へと消えていった老侍の後ろ姿だけである。しかも、「深キ山」で彼の行く手に待ち受けているのは、死以外の何物でもなかっただろう。

それを教えてくれるのが、比叡山延暦寺の高僧平等供奉《ぐぶ》の説話である。「貴き山寺」である延暦寺から或る日突然出奔し、伊予の国で乞食をして日を送っていた平等は、かつての弟子に正体を見顕されてしまうと、そのまま再び行方不明となる。そして、「人も通はぬ深山の奥の

清水のある所に」て、「西に向かひて合掌して」死んでいる彼の姿が発見されるのである（『発心集』巻一「平等供奉、山を離れて異州に趣く事」）。

おそらく老侍も死に場所を求めて「人モ知ラヌ深キ山」へと消えたのであり、前に挙げた嘘の告白をした僧もまた同じであろう。

このように世を捨てて山へ遁れた者達について、柳田國男が、

何の頼む所も無い弱い人間の、ただ如何にしても以前の群と共に居られぬ者には、死ぬか今一つは山に入るという方法しかなかった。(10)

と説いているように、「山に入る」という行為自体、《死》の裏返しでしかない《生》のかたちであった。言い換えれば、それは死を目指して生きるということであり、本来の人間の生の有り様とは逆説的に表れる《生》のかたちと言えよう。つまり、里での日常が生きるために懸命に生きるのに対して、山での生活は死ぬために懸命に生きるのである。そのために必然的に山での《生》は、里での《生》の逆転・転倒したところに営まれることとなる。その山における《生》のかたちが、これまでみてきたように両者の言葉の背反や虚偽への反転として表れてい

たのであった。

その３　沈黙

《山》と《里》とにおいて言葉が互いに背反し反転し合う関係は、必然的にコミュニケーションの断絶を生じさせる。

この論の最初に挙げた「常陸国の男」も、その生活を「楽しみ身にあまりて」と告げた後、再び里人と出遭うものの、

鳥などのやうにて、近くも寄らねば、物など言ひ語らふにも及ばずとなむ。

と伝えられる。古典作品の中で理解できない言語を耳にしたときは、その言語はしばしば「鳥の囀《さへず》り」と表現される。その根底には越えられない言葉の断絶と、その相手を鳥、すなわち人間以下の異類と見下す侮蔑とが潜んでいる。同様に、山での《生》を生きる「常陸国の男」も、里人の視線の中で「鳥などのやうに」と人ならぬモノへと変わってゆくのである。

そして鳥などのように「物など言ひ語らふにも及ば」ない、この言語不通の状況が《鳥人間》、すなわち仙人の像を生み出していったと考えられる。
「仙ノ道ヲ習ヒ得テ空ヲ飛ブ事自在ナリ」と自らを語った陽勝《ようじょう》仙人の修行法は、

仙ノ法ヲ習フ。始《はじめ》ハ穀ヲ断チテ菜《くさひら》ヲ食フ。次ニハ亦《また》、菜ヲ断チテ菓《このみ》・蓏《くさのみ》ヲ食フ。後ニハ偏《ひとへ》ニ食ヲ離レヌ。
（『今昔物語集』巻十三ノ3話）

と説明され、草木の実という僅かな食料で飢えの苦しみを乗り越えてゆく点では、「常陸国の男」の山での暮らしとの差はない。そしてこの修行の結果、陽勝仙人は、

身ニ血・肉《しし》無クシテ、異ナル骨・奇《あやし》キ毛有リ。身ニ二《ふたつ》ノ翼生ヒテ、空ヲ飛ブ事麒麟《きりん》・鳳《ほう》凰《わう》ノ如《ごと》シ。

と、鳥そのものへと変わってゆくのである。つまり、仙人とは山に住む者とのコミュニケーションの断絶の結果生み出された像であり、そのため陽勝が「人気《ひとのけ》ニ身重ク成リテ立ツ事ヲ得ズ」

とあるように、仙人達は人との接触を極度に嫌うものとして描き出されることになる。

おわりに

松室《まつむろ》の僧の許《もと》に仕えていた童子は突然行方不明となった後、山中で法華経「読誦《どくじゅ》の仙人」になったのが発見され、かつての師の僧に向かい、次のように述べる。

大方、人のあたりはけがらはしく臭くて、堪《た》ゆべくもあらねば、思ひながら、えなむまうでざりつる間、近くて見奉《たてまつ》る事はえあるまじ。（『発心集』巻三「松室童子成仏の事」）

《山》における《生》のかたちが《里》の逆転として営まれるということは、畢竟「けがらはしく臭」い人の気から遠ざかり、孤立無縁に生きるということを意味する。「何の頼むところのない弱い人間」達は、人間であることを放棄して、山中に僅かな《生》を繋ぐ。その姿が《鳥人間》である仙人へと虚構化されない限り、彼らは人との接触を避けてさらに山の奥へと身を隠して死を待つか、鳥としてひたすら沈黙を守り続けるしかなかった。

「常陸国の男」の姿を伝えた『閑居の友』の作者慶政上人は、その説話の末尾をこう閉じている。

つひにはいかがなり侍りにけむ。あはれにおぼつかなくこそ。

注

（1）上巻第14話「常陸国の男、心を発して山に入る事」。本文は、『中世の文学　閑居の友』（三弥井書店　1979年5月）により、表記などは私意により適宜改変し、必要に応じて漢字を当てルビを付した。『閑居の友』以外の本文引用に関しても同様である。

（2）本文は、岩波思想大系『往生伝　法華験記』（岩波書店　1974年9月）による。

（3）注（1）と同じ。

（4）本文は、石田吉貞・佐津川修二『源家長日記全註解』（有精堂出版　1968年10月）による。

（5）『古今著聞集』第57話「西行法師、大峰に入り難行苦行の事」。本文は、新潮日本古典集成『古今著聞集』（1983年6月）による。

（6）この問題を拙書『説話文学の方法』第4章「《境界》としての読書」（新典社　2014年2月）において、『宇治拾遺物語』を読む方法の一つとして論考した。

（7）中国の類話は、『捜神記』巻13由挙県、「城門ニ血有ラバ、城当《まさ》ニ陥没シテ湖ニ為ラム」。『述異記』巻上歴陽県「此ノ県ノ門ニアル石亀ノ眼ニ血出レバ、此ノ地当ニ陥シテ湖ニ為ラム」（『淮南子（鴻列解）』歴陽県も同。芳賀矢一『攷證今昔物語集上』を参考にした）。日本の類話は長崎県五島列島の高麗島・大分県別府湾の瓜生島の伝説。

（8）巻一「美作守顕能家に入来る僧の事」。本文は、『発心集　本文・自立語索引』（清文堂　1985年3月）による。

（9）『宇治拾遺物語』第148話、『古本説話集』上巻第40話。

（10）『山の人生』（『柳田國男全集』第三巻　筑摩書房　1997年12月）

第2章　『方丈記』の方法

――《予》と《蓮胤》――

はじめに

本書序章で触れたように、『方丈記』冒頭は、

ゆく河の流れは絶えずして、しかも、もとの水にあらず。よどみに浮かぶうたかたは、かつ消え、かつ結びて、久しく留まりたるためしなし。世の中にある人と栖《すみか》と、またかくのごとし。

と、「ゆく河」の流れと泡沫《うたかた》に託して、「人と栖と」の無常を表明する。特に「栖」の無常に言及した点に、鴨長明の独自性をみることができる。その「人と栖と」が無常である様を、京において確認した後、

知らず、生まれ死ぬる人、いづかたより来たりて、いづかたへか去る。
また知らず、仮のやどり、誰がためにか心を悩まし、何によりてか目を喜ばしむる。

と、両者が無常である理由を「知らず」とする。確かに人が生まれ来て死んでゆく理由、すなわち宿命としての人の無常は、誰しもが「わからない」と答えるしかないだろう。だがその一方、住まいに関する「誰のためにか心を悩まし」て家を作り、「何によりてか目を喜ばしむる」ような豪邸を建てようとするのか、という問いかけには答えることが可能である。ここで「知らず」とする長明自身も、後にこう答えている。

惣《すべ》て世の人の栖を作るならひ、必ずしも事のためにせず。或《あるい》は妻子眷族のために作り、或は親昵朋友《しんぢつほういう》のために作る。或は主君師匠、及び財宝牛馬のためにさへこれを作る。われ今、身のために結べり、人のために作らず。

つまり、ここで長明は人の無常については解決策が提示できないことを明らかにした上で、同様に「知らず」と、「栖」の無常を取り上げているかに見せながら、実は壊されまた作られるという住まいが有する無常ではなく、誰かのために家を建てたり、また豪邸などを作ったりすることを否定する方向へと論点をずらしているのである。そうして誰かのために造る豪邸の対極にある、「われ今、身のために」結んだ草庵へと読者をいざなってゆくのである。
　それは心の悩みを述べた箇所も同様である。京を襲う五大災厄、すなわち大火・辻風・飢饉・都遷り・大地震において、人と住居とが翻弄されている様を確認して、捨てるべき都の姿を浮彫にした後、

　　すべて世の中のありにくく、わが身と栖とのはかなくあだなるさま、またかくのごとし。いはむや、所により、身の程にしたがひつつ、心を悩ます事は、あげて計《かぞ》ふべからず。

として、「わが身と栖とのはかなくあだなるさま」＝無常から、「所により、身の程にしたがひつつ、心を悩ます事」＝悩みへと問題点をすり変えてゆくのである。しかも、この後に列挙されている悩みとは、権力者や金持ちの隣、住宅密集地、僻地という「所により」生じる悩みと、勢力家・独身・財産家・貧乏人・人に使用される立場・人を使用する立場での「身のほどに」応じた悩みであり、人が通常抱く悩みとは無縁の、およそ悩みとは呼べないような些細なものに過ぎない。特に権力者の隣に住むことで生じる悩みは、『池亭記』の記述をそのまま引用したに過ぎないため、これらの悩みが長明自身の悩みではなく、仮に設定されたものであること

を示している。[1]

つまり、ここに列挙されている悩みは住む場所を変えれば解消できる程度のものであり、その実践が「六十の露消えがたに及んで」、長明が「日野山の奥に」結んだ草庵であった。

その家のありさま、世の常にも似ず。広さはわづかに方丈、高さは七尺が内なり。所を思ひ定めざるが故に、地を占めて作らず。土居《つちゐ》を組み、うちおほひを葺《ふ》きて、継目ごとにかけがねを掛けたり。もし心にかなはぬ事あらば、やすく外《ほか》へ移さむがためなり。

と述べているように、この草庵は移動可能な住居であり、これを「方丈（3m四方）」としたのは、『方丈記』最終章段で「浄名居士《じやうみやうこじ》の跡をけがせり」とする、維摩詰《ゆいまきつ》に倣《なら》ったからである。

維摩詰の姿を伝える説話では、彼の「室は広さ方丈」しかないものの、神通力によって、そこに「無量無数の聖衆」を従えた三万二千の仏が座して法を説くとされ、それゆえ「十方の浄土に勝れたる甚深不思議の浄土なり」と賛嘆されている（『今昔物語集』巻三ノ1話「天竺毘舎離城の浄名居士語」[2]）。

おそらく維摩詰に倣って「甚深不思議の浄土」を目指して営んだであろう草庵について長明

は、「今寂しき住まひ、一間の庵、みづからこれを愛す」と、その充足ぶりを高らかに宣言する。ところが最終章段に至ると一転して、

今、草庵を愛するも、閑寂《かんじやく》に著《ちやく》するも、さばかりなるべし。いかが要なき楽しみを述べて、あたら時を過ぐさむ。

と否定してしまうのである。

以上、ここまでの『方丈記』の論の展開をもう一度確認すると、序段において、無常という一般的命題から出発しながらも、無常にさらされる実態は京《みやこ》へと限定した上で、五大災厄による悲惨な状況を描き出す。しかも解答不可能な無常の問題から、「心をなやます事は、あげて計《かぞ》ふべからず」として、解答可能な「悩み」の問題へと論点を巧みにすり替えてゆく。そして災厄と苦悩に満ちた捨てるべき京の対極として、「長閑《のど》けくして、恐れな」き草庵を、自らの愛すべき場所と配置した上で、最終的にはその安楽なはずの草庵生活自体も否定してしまうのである。つまり、『方丈記』という作品は初めから終わりに向かって書かれた一回限りの随筆と見えながら、その実あらかじめ設定された対応関係の上で展開しているのであり、草庵賛

美から否定へと至る一連の流れも、最初から予定されていたものと考えられる。その詳細については節を変えて論じることにしよう。

その１　最終章段へ

日野山の奥に営んだ仮の庵の生活を述べた章段は、一貫して「心」の有様が述べられている。

それ三界はただ心ひとつなり。心もしやすからずは、象馬《ざうめ》・七珍《しっちん》もよしなく、宮殿・楼閣も望みなし。今、寂しき住まひ、一間の庵、みづからこれを愛す。

この言葉に象徴されているように、世間の苦悩から逃れた草庵での安楽な独居が賛美され、「住まずして」は悟れない「閑居の気味」に充足した「心」が語られているのである。

しかしすでに触れたように最終章段に至って、自らの出家生活そのものが罪に染まったものとして、自らの心に問いかけられてゆく。

仏の教へ給ふ趣きは、事にふれて執心なかれとなり。今、草庵を愛するも、閑寂に著《ちやく》するも、さばかりなるべし。いかが要なき楽しみを述べて、あたら時を過ぐさむ。静かなる暁、このことわりを思ひ続けて、みづから心に問ひていはく、

「世を遁《のが》れて山林に交はるは、心を修めて道を行はむとなり。しかるを、汝、姿は聖人にて、心はにごりに染めり。栖はすなはち浄名《じやうみやう》居士《こじ》の跡をけがせりといへども、たもつところは、わづかに周利《しゆり》槃特《はんどく》が行ひにだに及ばず。もしこれ貧賤の報ひのみづから悩ますか、はたまた妄心《まうしん》のいたりて狂せるか」

だが、この問いかけに対して、「心、さらに答ふる事なし」と、草庵を愛した「心」は何も語ることなく沈黙してしまうのである。

そしてその沈黙に続いて、

ただかたはらに舌根をやとひて、不請《ふしやう》阿弥陀仏、両三遍申してやみぬ。時に建暦《けんりやく》の二年、弥生のつごもり頃、桑門《さうもん》の蓮胤《れんいん》、外山《とやま》の庵にして、これを記す。

として、『方丈記』は終わってゆくのである。

これまでの『方丈記』研究は、この意味不明確な末尾の解釈とも絡んで、この発問における「心」に問いかけたもう一人の存在をどう捉えるかが、その中心となってきた。簡潔に言って、従来多くの解釈は「心」を相対化した主体を、自己矛盾に逢着した自己か、あるいは自己の誤りを悟った新たなる自己、という二方向の解釈を中心として展開されてきた、と思われる。つまり相対化の過程は、作者の宗教心の質を中心とした精神性・思想性の面から絶えず追究されてきたのである。そして末尾に記された「桑門の蓮胤」という署名も、文人意識に基づいた『記』という作品形態の特色として把握されるか、「心」に対して発問した超越的存在と関わって、鴨長明ではなく蓮胤という法名であることの意味においてのみ論議されてきたと言えよう。

しかし『方丈記』の一連の流れをみたとき、作者の精神性・思想性を問題とする以前に、書く営みそのものの位相を問題とすべきだと思われる。(3) そこでここでは「心」の相対化の過程を、作品背後に位置する作家鴨長明、あるいは蓮胤の宗教心、及び『記』の伝統に則る文人意識などへとすぐさま結びつけるのではなく、作品内部に表現されている「予」と「蓮胤」という関係で捉え直してみたいと考える。

この視点からもう一度前《さき》の問いかけに戻ると、「汝」と相対化された「心」の主体は、たとえば、方丈の草庵に対して「われ今、身のために結べり。人のために作らず」と、草庵生活をひたすら賛嘆する一人称の「われ」として登場している。
この「われ」が最初に『方丈記』本文に登場してくるのは、広本の特色をなす五大災厄の冒頭箇所である。

予《われ》、ものの心を知れりしより、四十あまりの春秋を送るあひだに、世の不思議を見る事、ややたびたびになりぬ。

として、以下京の都を襲う五大災厄が「ものの心」を自覚した『予』の「不思議」な自己体験として述べられてゆく。だがこの箇所は『池亭記』の一節、「予、二十余年以来、東西二京を歴く見るに」を踏まえた表現であり、しかもその「予」の個人的体験や感想を述べる際には、対話意識を伴う「侍り」が使用されているのである。したがって、この「予」はすぐさま作者鴨長明自身を指すとみるのではなく、『池亭記』の表現をもとに作品内部において仮構された語り手とみるべきではないだろうか(4)。すなわち、彼を「汝」と対象化した存在に向かって、五大災厄と心の苦悩・遁世《とんせい》の事情・仮の庵の賛美と、次々に語り続ける存在である（以下、この語り手である「予」を《予》と表記する)。

一方《予》が「汝」と相対化された後の沈黙に続くのは「不請阿弥陀仏、両三遍」の唱名とともに、「桑門の蓮胤、外山の庵にして、これを記す」という署名である。それは本文の内容に外在して付けられたものではなく、「記す」人、すなわち書く主体そのものが本文中に顕在化しているとみることができるのではないだろうか(以下、記す人としての「蓮胤」を《蓮胤》と表記する)。さらに言えば、『池亭記』作者慶滋保胤に連なるものとして、仮構された「記す」人である可能性も高い。

署名は完成された作品として読む営みにおいては帰着点にもかかわらず、『方丈記』を書く営みにおいては、この《蓮胤》の顕在化した地点こそが出発点であり、表現・構成の組み立てなど、『方丈記』全体の書く営みはその統括のもとに進められたと考えられる。そこで従来のように、《予》とその否定者、及び両者の対立を記録した作品背後に位置する作家「蓮胤」という三者の関係ではなく、《予》を相対化し否定する境地に立つのは、作品中に顕在化した書く主体《蓮胤》その人と考え、両者の関係から「心」の相対化を位置づけてみたい。

相対化の過程において《予》の「心」は、「もしこれ、貧賤の報ひのみづから悩ますか。はたまた、妄心のいたりて狂せるか」として否定されてしまうが、この言葉自体「是れ天の然らしむるか、また人の自ら狂ひたるか」という『池亭記』の引用表現である。そして、その発問の結果《予》が語ることを止めたため、『方丈記』自体も書く言葉を喪失して終わったのではないだろうか。つまり、書く主体としての《蓮胤》は、自らを語る言葉を所有し得なかったと考えられる。そのために「かたはらに舌根をやとひて、不請阿弥陀仏、両三遍申してやみぬ」と、念仏を発する発話行為自体が「舌根をやとふ＝舌を借りる」と表現されたのである。

こうして《蓮胤》は仮構された《予》の「妄心のいたりて狂せる」心を書くことによってしか、『方丈記』を書くことができなかったのであり、それは言い換えると、『方丈記』における書くという営みが、「仏の教へ給ふ趣き」に反する狂気を内に抱え込んだ語りを設定することによって、初めて可能であったということである(5)。そして、否定されることが予定されていたからこそ、仮の庵に充足した《予》の「心」は「ただわが身ひとつにとりて」と独善性に満ちた、あたかも愚者の語る言葉のように書かれたのだと言えよう。

このことは、先行作品の引用によって『方丈記』の文章が構築されていることへも繋がってゆく。その引用の顕著な例が、日野の「山中の景気」を描写した一段である。次にその一段を、『方丈記』本文を右に太字で、関連する詩歌を左に配して掲げる(6)。

もし夜しづかなれば窓の月に故人をしのび、猿の声に袖をうるほす。

三五夜中《さんごやちう》新月の色、二千里外《ぐわい》故人の心　（白楽天『白氏文集』巻十四）

巴猿《はえん》の三叫《さんけう》は暁に行人《かうじん》の裳《もすそ》を霑《うるほ》す　（大江澄明『和漢朗詠集』457番歌）

叢《くさむら》のほたるは遠く槙《まき》のかがり火にまがひ、暁の雨は自づから木の葉吹く嵐に似たり。

難波江の草葉にすだく蛍をば葦間の舟のかがりとや見む　（藤原公実『堀川百首』465番歌）

時雨かと寝覚めの床に聞こゆるは嵐にたへぬ木の葉なりけり　（西行『山家集』496番歌）

山鳥のほろと鳴くを聞きても父か母かと疑ひ、峰の鹿《かせぎ》のちかく馴れたるにつけても世に遠ざかるほどを知る。

山鳥のほろほろと鳴く声聞けば父かと思ふ母かと思ふ　（行基『玉葉和歌集』2627番歌）

山深み馴るる鹿のけぢかさに世に遠ざかるほどぞ知らるる　（西行『山家集』1207番歌）

或は又、埋み火をかきをこして老の寝覚めの友とす。恐ろしき山ならねば梟《ふくろふ》の声をあはれむにつけても、山中の景気折につけて尽くる事なし。

いふこともなき埋火をおこすかな冬の寝覚めの友しなければ（源国信『堀川百首』1091番歌）

山深みけぢかき鳥の音はせでもの恐ろしき梟の声（西行『山家集』1203番歌）

《予》の語りは視覚・聴覚で把えた景物により興趣に満ちた山中の草庵生活を描き出し、住まずしては理解できない「閑居の気味」の映像を読者に喚起する。しかしその語りが生み出す映像は詩歌表現を取り込んで仮構された幻像であり、実体験の語りは0《ゼロ》である。書く位相において《蓮胤》は、ストレートに自らを語る言葉は持たず、必然的にその表現は他から借りてくるしかない。しかもその借用にあたっては、災厄と心労に満ちた京の都の対極としての理想的な遁世生活の幻像であるとともに、《予》の「妄心のいたりて狂せる」心が充足する美的で風雅な生活の幻像でもなければならない。そのためにこの一段が僧俗混淆した歌人の和歌表現の、また遁世者にあるまじき数寄に耽る和歌表現の引用の織り成しによって書かれた上で、そして最終的に否定されるのである。

その2　乞匃聖《こつがいひじり》としての身

こうして書く主体《蓮胤》によって否定された語り手《予》の「心」に反して、「しかるを、汝、すがたは聖人にて、心はにごりに染めり」と承認されていたのが「すがた＝身」であった。五大災厄の後に苦悩へと問題を転化した時点では「いづれの所を占めて、いかなるわざをしてか、しばしもこの身を宿し、たまゆらも心をやすむべき」と、世俗の階層のもとに生きる「心」と「身」とは相即するものとして描かれていた。しかし身を宿し心の憩う場としての草庵は、先に確認したように「三界はただ心ひとつなり」として、「妄心のいたりて狂せる」心が主導する場であった。したがって、その「身」が描写されるときも、

衣食のたぐひ、また同じ。藤の衣、麻の衾《ふすま》、得るにしたがひて肌《はだへ》を隠し、野辺のおはぎ、峰の木の実、わづかに命を継ぐばかりなり。人に交はらざれば、姿を恥づる悔《くい》もなし。糧乏しければ、疎《おろそ》かなる哺《ほ》を甘くす。（中略）自づから都に出でて、身の乞匃《こつがい》となれる事を恥づといへども、帰りてここに居る時は、他の俗塵に馳《は》する事をあはれむ。

とあるように、「心」によってその身は恥ずべきものとして退けられている。そのため《蓮胤》の書く営みを問題とするにあたっては、最終章段において「汝、姿は聖人にて、心はにごりに染めり」と異化された「心」の描写は切り捨てて、彼が承認する「聖人」としての「身」、つまり粗衣粗食に生きる「乞匃《こつがい》聖」（乞食《こつじき》聖）としての「身」だけを捉えてみる必要があるだろう。

　この時代における乞食聖を確認すると、鴨長明が著した『発心集』において、次のように描写されている。

> 其の姿、布のつづり紙衣《かみぎぬ》などの、云ふはかりなくゆゆしげに破《や》れはらめきたるを、いくらともなく着ふくれて、布袋のきたなげなるに、乞ひ集めたる物をひとつに取り入れて、歩《あり》き歩き是を食らふ。（中略）常には様々のすぞろ事を打ち云ひて、ひたすら物狂ひにて有りける。
>
> また近比《ちかごろ》、世に仏みやうと云ふ乞食有りけり。其れも、かの聖の如く、物狂ひの様にて、

食ひ物は魚・鳥をもきらはず、着物は筵《むしろ》・薦《こも》をさへ重ね着つつ、人の姿にもあらず。(中略)見と見る人皆「つたなくゆゆしき者」とのみ思ひけれど、実《げ》にはやうありける者にや。(7)

(巻一ノ10話、「天王寺聖、隠徳の事」)

これらの例から、乞食聖が「人の姿にもあら」ぬ異形・異様のものであり、「物狂ひ」と周囲から忌避されていたことが確認できる。乞食聖は乞食非人とも呼ばれ、体制外の存在であることは言うまでもない。粗衣粗食といった自然と近接した反文化的境遇に自らを置くことによって、そこに派生する飢餓意識や卑賤視に耐える、受難・苦行としての修行の一形態である。それは、社会から疎外される不浄・穢れを身体表現として境界領域に生きることで、逆に浄化された法悦空間への没入を図り、聖なるものへの転換を果たそうとする行為である。(8) そのような思想を反映して、蔑視される乞匃人や乞食聖の往生譚や化身譚が伝承されているのである。(9)

したがって「物狂ひ」とされる乞匃聖としての「身」は、「妄心のいたりて狂せる」心の対極にある、真心へと向かうために《身にまとった狂気》と意義づけることができよう。草庵賛美の一段は、明示的には内面の「狂せる」心の語りを記しながらも、その一方で黙示的に外面の「物狂ひ」としての身をも記しているのである。つまり、『方丈記』の書く位相は、「心」と

「身」との背反する二種類の狂気の狭間に置かれていると言えよう。「身」を前面に出すことなく「心」の背後に隠蔽してしまったのは、前節で確認した狂気を内包した語りの設定という、書く位相の問題へと戻ってゆく。前に挙げた乞食聖の説話末尾に、長明は次のように述べている。

　賢き人の世を背く習ひ、我が身は市の中にあれども、其の徳をよく隠して、人にもらせぬなり。山林に交はり、跡を暗《くら》うするは、人の中に有つて徳をえ隠さぬ人のふるまひなるべし。

　この言葉によれば、『方丈記』が描く、山林に遁れた草庵生活自体、「徳をえ隠さぬ」愚かな人の振る舞いであり、それを自賛し「人にもらす」のは愚者以外の何者でもないことになる。その愚者を演じる《予》の語りによって、《蓮胤》の書く営みは達成されたのであり、物狂いを帯びた「身」は「其の徳をよく隠して、人にもらせぬ」形で書かれなければならなかったのである。

　山折哲雄は役《えんの》小角《おづの》や行基《ぎょうき》を挙げて次のように述べている。[10]

かれらは山中といわず都鄙といわず、人々の前では一種の狂気を演ずる愚者であったが、人々が去り、闇夜が訪れ、孤独のなかにひとり投げだされるとき、かれは一個の祈りの人へと姿を変える。

「しづかなる暁」に草庵を愛することの罪を思い続けて《予》の心に問いかけた《蓮胤》の位相は、かれらの姿に通じるものがある。

その3　翁と童との遊行へ

草庵賛美の一段の中に、次のような一節が語られている。

また麓《ふもと》に一つの柴《しば》の庵あり。すなはち、この山守が居る所なり。かしこに小童《こわらは》あり、ときどき来りてあひとぶらふ。若《も》しつれづれなる時は、これを伴として遊行《ゆぎやう》す。かれは十歳、これは六十、その齢《よはひ》ことのほかなれど、心をなぐさむることこれ同じ。

従来この箇所については、慶滋保胤『池亭記』の一節「若し余興有れば、児童と少船に乗り、舷を叩き棹を鼓す」との関連が指摘されている。(11)しかし一方で、その解釈は『方丈記諺解』の感想、「長明と慰みを同じうする童べ心にくく、尋ねても知りたし(12)」のように、この一段の描写を鴨長明の実体験と捉えるところに留まっていると思われる。

この翁と童二人の遊行は、さらに次のように描写される。

或は茅花《つばな》を抜き、岩梨を採り、零余子《ぬかご》をもり、芹を摘む。或はすその田居《たゐ》にいたりて、落穂を拾ひて穂組《ほぐみ》を作る。もしうららかなれば、峰によぢのぼりて、はるかに故郷の空をのぞみ、木幡山・伏見の里・鳥羽・羽束師《はつかし》を見る。勝地は主《ぬし》なければ、心をなぐさむるに障りなし。歩み煩ひなく、心遠くいたるときは、これより峰つづき、炭山を越え、笠取を過ぎて、或は石間《いはま》に詣で、或は石山を拝む。もしはまた粟津《あはづ》の原を分けつつ、蟬歌《せみうた》の翁が跡をとぶらひ、田上河《たなかみ》をわたりて、猿丸大夫《さるまるまうちぎみ》が墓をたづぬ。帰るさには、折につけつつ、桜を狩り、紅葉をもとめ、蕨を折り、木の実を拾ひて、かつは仏にたてまつり、かつは家土産《づと》とす。

この一連の描写に関しては、『長明方丈記抄』が「文の躰なり奇妙の対どもあり。ゆるかせに見るべからず」[13]と注意を喚起しているように、『方丈記』の文体の特色をなす対句表現が巧みに織り込まれている。確認しておくと、「茅花を抜き、岩梨を採り、零余子をもり、芹を摘む」と「桜を狩り、紅葉をもとめ、蕨を折り、木の実を拾ひて」が食用とされる植物名の列挙により四季の変化と食生活を描き、それに続く「或はすそわの田居にいたりて、落穂をひろひて穂組を作る」と、「かつは仏にたてまつり、かつは家土産とす」が和歌表現を引用した神と仏への捧げ物として対応している。[14]また「木幡山・伏見の里・鳥羽・羽束師」と、「炭山・笠取・石間・石山」は歌枕の地名の列挙であるとともに、草庵が営まれた日野を中心に東と西に対照的に続く地名である。それに続く「粟津の原を分けつつ、蟬歌の翁が跡を訪ひ、田上河をわたりて、猿丸大夫が墓をたづぬ」が同様に北と南とに対照的に位置する、しかもどちらも正体不明の伝説歌人の遺跡が並べられる。まさに「奇妙の対ども」であり、《蓮胤》が書く営みの中で遊んでいる感さえ抱《いだ》かせる。

だが、前節で確認したように、語り手《予》の語りは否定されるものとして語られていた。とすれば、ここにも乞匃聖としての身が暗示的に潜んでいるはずである。

本文の明示的意味から離れて二人の遊行を意味づけるという点では、「門前の童部にいつとなくたはれて、方丈の油火消されて、心は闇になれる事もありし」[15]と、二人をホモセクシャルな関係としてパロディ化した井原西鶴にみるべきものがある。西鶴は『方丈記』最終章段との関連においてこの箇所に僅かながらも意味を与えようとした。もちろん西鶴の指摘はパロディの域を出るものではないが、それでも西鶴に倣って翁と童とが遊行する意味を最終章段との関連の中から捉え直してみたい。

そこで先ず「粟津の原を分けつつ、蟬歌の翁が跡をとぶらひ、田上河をわたりて、猿丸大夫が墓をたづぬ」と、二人が訪れる蟬丸・猿丸の遺跡の問題から確認してゆくことにしよう。両者ともに伝説上の歌人であり、その実態は現在のところ不明である。しかし『方丈記』において二人は対遇関係に配されているのであるから、両者は共通する性格を有していたと思われる。それを同じく長明の手になる『無名抄』をもとに考えてみたい。

『無名抄』は蟬丸に関して、次のように伝える。

逢坂の関の明神と申すは、昔の蟬丸なり。彼の藁屋の跡を失はずして、そこに神となりて住み給ふなるべし。今も打ち過ぐる便りに見れば、深草の帝の御時、御使にて、和琴習ひ

に、良岑《よしみね》の宗貞、良《りやう》少将とて通はれけむほどの事まで面影に浮かびて、いみじくこそ侍《はべ》れ。(16)

この記事から窺えることは、逢坂の関の藁屋に住んだ蟬丸が神へと転生したこと、及び仁明天皇のとき僧正遍照が和琴を習いに通ったということである。蟬丸に関わる別伝に『今昔物語集』などが伝える盲人蟬丸とか、『平家物語』などが伝える醍醐天皇の第四皇子蟬丸に博雅三位が琵琶を習うという伝承があるが、『無名抄』では彼の身体的特徴や出自は述べられていない。ただし逢坂の関という境界領域に、しかも藁屋に住んでいたということは、坂・関に住む卑賤な存在として彼を捉えていたと言えよう。そして『無名抄』における蟬丸説話の配列は、前話で浦島の翁の神への転生を語り、後話で和琴の起源を語っている。したがって、蟬丸が和琴の名手で和琴の歌曲「蟬歌」を歌う翁として、神を祀《まつ》る卑賤な者から境界の神へと転身して祀られる存在、と認識していたと考えられる。それが『方丈記』において「蟬丸」ではなく「蟬歌の翁」と表現されている理由となろう。(17)

次に猿丸に関してはただ、

或る人言はく、「田上の下に曾束《そつか》と云ふ所あり。そこに猿丸大夫が墓あり。庄の境にて、
そこの巻に書き載せたれば、皆人知れり」

と「庄の境」という境界領域に彼の墓があるというだけである。だが『無名抄』においては、猿丸説話の次話に大伴黒主が神として祀られている話を載せている。この二説話の間に、『古今和歌集』真名序が伝える「大伴黒主の歌は、古の猿丸大夫の次なり」という指摘を介在させると、墓と同じ地にある猿丸神社には触れていないながらも、蟬丸同様に神として祀られる存在としての認識はあったのではないかと推測される。

以上『無名抄』からみられる蟬丸・猿丸両者に共通する性格は、二人の名前が「賤」・「散」という下位身分を表す語とも響き合いながら、「蟬」・「猿」という人に非ざる名前を持った丸号であること、そして、境界に位置する周縁的・非人的存在から神格化された存在であることが確認できる。

一方『俊頼髄脳』が翁・童・乞食・蟬丸の和歌説話を並べて収録しているように、この二人の遺跡を訪ねる翁と童もまた同様の境界性を有する存在である。実年齢五十七・八歳に比して「これは六十」と表現されていた《予》の年齢は、「かれは十歳」と表現された童を対に持つと

き、社会の中心を構成する成人の範疇から除外される存在であることを表現している。社会の周縁において生きる二人は、また死と誕生を背負って異界へと繋がる境界をも占めているために、人と神仏を媒介し、神仏を現世に具現化する存在ともなり得るのである。

《予》の遊行は明示的に読むと、捨ててきたはずの都の文化的伝統への執着として、歌枕や歌人を訪ねる「遊び行く」ものにしかすぎない。しかしそこに黙示的に示された乞匃聖としての「身」を重ね合わせてみるとき、翁と童との遊行は、神に近接する境界を占め霊的な力で結合した二人が、卑賤の身から神へと転生した伝説歌人と出会い感得するためのものであり、それゆえ「遊行」と記されたと考えられる。しかも二人の遊行の先は蟬丸・猿丸だけではなく、岩間寺・石山寺という西国三十三所観音の十二・十三番目の寺院も同時に訪れているのだから、神仏の混淆した先にある遊行であったと言えよう。

遊行は仏教独自のものではない。神の遊幸思想に基づき、マレビトとして来訪する神、その神を背負いながら遊行する人神、あるいは人神としての資格を穢れ・不浄を身に帯びることによって得た人々がいて、彼らが遊行を通して神へと繋がり、神へと祀られてゆくという日本古来からの信仰が背景にある。それは蟬丸・猿丸の神格化にも関わる信仰のかたちであった。その信仰が仏教と結び付いた結果、遊行聖・乞食聖として卑賤・不浄の方向へと社会から離脱した境界領域に自らを置き、神の示現した聖地や仏教における霊場の巡礼が実践されたのである。そして遊行によって聖なるものとの一体化を図り、自己浄化や死霊の鎮魂を果たそうとしたのである。[18]

このように「乞匃」聖として描き出された「身」を中心にしてみてゆくと、境界・周縁へと向かって、そこから回路が開かれてゆく聖なるものへと向かって、「身」が形象化されていることが確認できる。それは行基・空也・西行・一遍と続く遊行聖の系譜に繋がるものであり、彼らの言葉が『方丈記』に引用されている理由もそこに見いだせるだろう。[19] そして「身」が乞食聖・遊行聖と描き出されたのは、書くという位相において自己の浄化・滅罪、及び死者の鎮魂を果たそうとしているのではないかと考えられる。

五大災厄の中で、大火と飢饉における死者の記述は、語り手《予》が「世の不思議を見る」と語り始めていたように、具体的な行動や心情は捨象して、ただその様を見ることによって語られている。

男女死ぬるもの数十人。馬牛のたぐひ辺際を知らず。（大火）

人数を知らむとて、四五両月を数へたりければ、京のうち一条よりは南、九条よりは北、京極よりは西、朱雀よりは東の、路のほとりになる頭《かしら》、すべて四万二千三百余りなむありける。いはむや、その前後に死ぬる者多く、また、河原・白河・西の京、もろもろの辺地などを加へて言はば、際限もあるべからず。いかにいはんや、七道諸国をや。（飢饉）

草庵賛美のために捨てるべきものとして語られる京の都は、死と破壊に満ちたおぞましい場所として、救済とは無縁な数値においてしか語ることができなかったのである。そのような「心」の在り様に対して、聖と描き出された「身」が累々と横たわる死者の鎮魂を果たそうとしているのではないだろうか。同時にまた「妄心のいたりて狂せる」心を語り続ける《予》の罪障を浄化しようとしているとも考えられる。もちろんそれは全て《書く》という営みの上でということであるが……。

つまり、『方丈記』における書く営みとは、「妄心」としての狂気を内包した《予》を明示的に人々の前に示しながら、それに背反する「身」を陰に溶かし合わせたところにあり、書く人である《蓮胤》が、この対極的な狂気の狭間に立つことによって初めて達成された営みであったと言えよう。またこのように想定することによって、従来顧みられることのなかった翁としての《予》が童を連れて蟬丸・猿丸の遺跡を遊行した一段も、幾分かは色彩を変えて現れてくるのではないだろうか。

おわりに

ところで、《蓮胤》が肯定していた浄名居士、すなわち維摩詰について、前に挙げた『今昔物語集』は、次のような話が続いている。

マタ、此《こ》ノ居士《こじ》ハ常ニ病《やまひ》ノ莚《むしろ》ニ臥シテ病ミ給フ。其ノ時ニ文殊、居士ノ室ニ来リ給ヒテ、居士ニ申シ給ハク、「イカナル病ゾ」ト。居士答ヘテ宣《のたま》ハク、「我ガ病ハ此レ一切ノ諸々ノ衆生《しゆじやう》ノ煩悩ヲ病ムナリ。我更ニ他ノ病ナシ」ト。

解答不可能な問題として答えることを放棄した、宿命としての無常。それに答える代わりに長明は《予》に愚者を演じさせたのだが、それは取りも直さず、「一切の諸々の衆生の」無常に対する「煩悩」を自分のものとして引き受け、その答えを求め続けた結果ではなかっただろうか。

注

（1）『方丈記』「もしおのれが身数ならずして権門のかたはらにをる者は、深くよろこぶ事あれども、大きに楽しむに能《あた》はず。歎き切なる時も、声をあげて泣く事なし。進退やすからず。起居につけて、恐れをののくさま、たとへば雀の鷹の巣に近づけるがごとし」『池亭記』「勢家に近くして微身《びしん》を容《い》るる者は、屋破れたりと雖《いへど》も葺《ふ》くことを得ず、垣壊れたりと雖も築《つ》くことを得ず。楽しみ有れども大きに口を開けて咲《わら》ふこと能《あた》はず、哀しみ有れども高く声を揚げて哭《な》くこと能はず。進退懼《おそ》れ有り、心神安からず。譬へばなほ鳥雀《ちょうじゃく》の鷹鸇《ようせん》に近づくがごとし」

（2）本文は、岩波新日本古典文学大系『今昔物語集』（1999年7月）による。

（3）作者の迷いや諦念を想定した場合、なぜ書き直さなかったのかという疑問が生じて、一度だけとは思われない、『方丈記』の書く営みとの矛盾を解消し得ないだろう。また悟りの境地は語られることはあっても、書く営みへとストレートに繋がるものとは思われない。

（4）下西善三郎は「『方丈記』論―『池亭記』取りを軸として―」（「国語国文」六九〇号 1992年2月）において、『池亭記』をもとに「文学的伝統」を追体験する「私」として語り手が設定されたことを指摘している。

（5）この問題を考えるにあたっては、山口昌男の「狂気中に世界を見なおす、自らの生を生き直しつつ蘇る術を、人間はかつて、現在より遙かに豊かに身につけていた。そういった『空間』

を通してしか伝達されないし、また開示されもしない『知』のあることを人は知っていた」（『新編人類学的思考』筑摩書房　1979年11月）という言葉が示唆的である。

（6）ここでは『方丈記』本文が何によって書かれているのかではなく、和歌表現の引用によって文章が構築されていることの確認のために、『方丈記』諸注釈書を参考にして一首に限定して挙げた。

本文として使用した文献は以下の通りである。

『白氏文集』――新釈漢文大系第99巻（明治書院　1988年7月）

『堀川百首』――木船重昭『堀河院百首和歌全釈』（笠間書院　1997年2月）

『山家集（陽明文庫本）』――久保田淳編『西行全集』（1982年5月）

『玉葉和歌集』――角川新編国歌大観第一巻（1983年2月）

（7）本文は『発心集　本文・自立語索引』（清文堂　1985年3月）による。

（8）赤坂憲雄『異人論序説』（砂子屋書房　1986年3月）／大系仏教と日本人6山折哲雄編『遊行と漂泊』（春秋社　1986年5月）／廣末保『新編悪場所の発想』（筑摩書房　1988年6月）／五来重『遊行と巡礼』（角川書店　1989年12月）を参照した。

（9）たとえば『今昔物語集』巻十五ノ15話や巻二〇ノ40話、『発心集』巻一ノ3話などである。

（10）注（8）に挙げた『遊行と漂泊』。

（11）『池亭記』のこの一節は、「若《もし》余興あれば」として述べられた琵琶を調べる場面でも使われている。

（12）簗瀬一雄編『方丈記諸注集成』（豊島書房　1969年2月）所収本による。
（13）注（12）と同じ。
（14）『方丈記流水抄』は次のような証歌を挙げる（注（12）と同じ）。
筑波嶺のすそわの田井に秋田刈る妹がりやらむもみぢ手折らな　（『万葉集』1758番歌）
秋の田のかりほの穂組徒につみあまるまでにぎはひにけり　（『夫木和歌抄』藤原信実）
見てのみや人に語らん桜花手ごとに折りて家づとにせん　（『古今和歌集』素性法師）
（15）『好色一代男』巻一「袖の時雨は懸るがさいはひ」の一節。
（16）本文は、高橋和彦『無名抄全解』（双文社出版　1987年2月）による。
（17）簗瀬一雄『方丈記全注釈』（角川書店　1971年8月）を参考にした。
（18）注（8）、及び高取正男『宗教民俗学』（法蔵館　1982年7月）を参考にした。
（19）西行・行基は第2節に挙げた他にも引用されているが省略する。空也・一遍については『方丈記』の草庵描写のなかに、『一遍聖絵』に空也の言葉として引かれている「閑居の隠士は貧しさを楽とし、禅観に幽室せば閑を友となす。藤の衣紙の衾《ふすま》はこれ浄服、求め易くして盗賊の恐れなし」（書き下し文は、岩波文庫『一遍聖絵聖戒編』2000年7月による）という言葉と対応している箇所がある。

第3章　貴種流離譚と文学の発生

はじめに

短歌及び連歌の起源に関しては、次のように伝えられている。

【短歌の起源】――『古今和歌集』仮名序

この歌、天地《あまつち》のひらけ始まりける時よりいできにけり。しかあれども、世に伝はることは、久方の天にしては下照姫《したてるひめ》に始まり、あらかねの地にしては、素盞嗚尊《すさのをのみこと》よりぞ起こりける。ちはやぶる神世には歌の文字も定まらず、素直にして、言の心わきがたかりけらし。人の世となりて、素盞嗚尊よりぞ三十文字《みそもじ》あまり一文字はよみける。

【連歌の起源】――『筑波問答』[1]

また連歌とて云ひおきたるは、さきに申し侍《はべ》りつるやうに、日本紀に、景行天皇の御代、日本武尊《やまとたけるのみこと》の東の夷《ゑびす》しづめに向かひ給ひて、この翁がこの比《ごろ》住み侍る筑波を過ぎて、甲斐國酒折宮《さかをりのみや》にとどまり給ひし時、日本武尊御句に、

ニヒハリツクバヲスギテイクヨカネツル

すべて付け申す人のなかりしに、火をともす稚き童の付けていはく、

カカナベテヨニハココノヨヒニハトヲカヲ

と申し侍りければ、尊ほめ給ひけるとなむ。

この起源譚はもちろんどちらも伝説に過ぎない。特に連歌に関しては正しくは五七七の問答体、いわゆる片歌の問答体であって連歌ではなく、しかも同様の問答形式は、オホクメノミコトとイスケヨリヒメとの歌の掛け合いの場においてすでに使用されている。それでも『筑波問答』がこれを連歌の起源とし、また一般にもそう伝承されてきたのは、一方が歌で問い他方が歌で答えるという、連歌の付け合いに繋がる新しい形式であった点と、創造者にふさわしい面影をヤマトタケルが見せているからに他ならないだろう。

こうして『古事記』においては、スサノヲが短歌の最初の詠み手として現れ、ヤマトタケルが連歌（に類した歌体）の初めての歌い手として現れているのである。もちろんそれは短歌・連歌発生の実態ではなく、『古事記』作者が描いた絵空事に過ぎない。がしかし当時の認識を背景にして――短歌と連歌という新しい文学的言説が生まれるとしたら、こういう場なのだ――と、その発生を可能とする条件を我々に指し示してくれているのである。それが《貴種流離譚》

ということになるのだが、その《貴種流離譚》が短歌・連歌の発生とどう関わるのか、という点を先ず明らかにしたい。

その上で他の文学ジャンルの発生の問題へと論点を拡げてゆき、「物語の出《い》で来《き》はじめの親なる」(『源氏物語』絵合巻)『竹取物語』と、歌物語の最初と考えられている『伊勢物語』を取り上げて、両作品の発生と《貴種流離譚》とがどのように関連するかについて考えてみたい。

つまりこの論考においては、短歌・連歌・作り物語・歌物語というジャンルの初出であるこの四例を通して、その発生と《貴種流離譚》がどのように関わるのかを明らかにしたいと考えている。

それに先立ってこの章のタイトルを「文学の誕生」ではなく、「文学の発生」としたことについて、ひと言述べておきたい。文学は発生するものとして、「文学の発生」という論題を盛んに使用した折口信夫は、発生に関して次のように述べている。

一度発生した原因は、ある状態の発生した後も、終熄するものではない。発生は、あるものを発生させるを目的としてゐるのではなく、自ら一つの傾向を保って、唯進んで行くのだから、ある状態の発生したことが、其《その》力の休止或いは移動というたこと《ママ》にはならぬ訳である。だから、其力は発生させたものを、その発生した形において、更なる発生を促すと共に、ある発生させたと同じ方向に、やはり動いて居る。だから、発生の終えた後にも、同じ原因は存してゐて、既にある状態をも、相変わらず起し、促している訳なのだ。[2]

折口が述べている、この発生の状況は、《文学》と称ばれる一定の枠組みの中で自律した言葉の世界が、《貴種流離譚》に関わって次々と誕生してゆく状況と、そのまま重なってゆくものである。一回きりの誕生ではなく、他の発生を促しながら更なる発生へと進む《文学》。人にとっておそらく災害や事件と同じ位相にある、その《文学》の発生の状況を《貴種流離譚》を中心に論じてゆくために、「貴種流離譚と文学の発生」と題した次第である。

その１　貴種流離譚の確認

《貴種流離譚》という名辞は折口信夫の創出した学術造語《ターム》であり、日本文学を考察する上で欠かすことのできない必須項目《アイテム》である。その多大な功績に敬意を表しつつ、最初にその学説を確認することにしよう。

《貴種流離譚》について述べた主要論文「小説戯曲文学における物語要素」(3)の中で、折口は先ず光源氏とかぐや姫とに触れて次のように述べる。

光源氏須磨流竄《るざん》の原因は、犯すことが、あつたのである。其故《それ》、天上に近い生活から、自ら去つて、流離することになつたとしてゐる。其《その》犯しの種類は違ふが、竹取の赫耶姫《カグヤヒメ》も、愈《いよいよ》、昇天する前になつて、翁に語つた所では、天上の者だが、聊《いささ》かの犯しがあつて、人界に住むことになつたと言ふのである。

ここで折口は、かぐや姫・光源氏両者に、犯し(＝罪)ゆえに天上、及びそれに近い生活からの流離をみる。そしてかぐや姫同様に地上へと舞い降りた天女、すなわち丹後国比治真奈井《ひじまない》に舞い降りた天女へと話を進めてゆく。実はこの天女こそ、様々に展開してゆく折口の《貴種流離譚》にとっての、基本モデルであった。

この天女は、和奈佐翁《わなさのおきな》・嫗《おみな》夫婦に羽衣を隠されて養女となるものの、突然家から追い出されてしまい、「家路惑ひて行方知らずも」と悲しみの歌を詠み、泣きながらあちこちをさすらう。やがて奈具の地で心が慰められたため、奈具社《なぐのやしろ》に祀られる穀物神豊宇加能売《とようかのめ》となったというのである。折口はこの天女を「天から人間へ流離し給ふ幼神《おさながみ》」と位置づけて、彼女の悲痛な流離を背景として、少彦名神《すくなびこなのかみ》や蛭子《ひるこ》・淡島《あわしま》に触れた後、次のように述べる。

其が、神の本郷《ほんごう》が極めて楽しい国で、さすらうて居る他郷《たきょう》が、荒涼としてもの寂しく、人情も荒《すさ》んでゐると言ふやうに、一歩考へが入り立つて来ると、もう其《その》物語が人の胸をうつことになるのである。

つまり、何らかの理由で幼神が楽しい神の国を追われて、人情の荒んだ地上を苦難の中で流離する。神になる前のその哀れな姿が、人の胸をうつ物語として発生した。これが折口の考えた《貴種流離譚》であった。

そうして発生した幼神の物語が「人として優なる種姓の者」、すなわち貴種である人間の物語へと範囲を拡げてゆく。その例として壬申の乱を制して即位した天武天皇（後述する）と、罪を犯して伊良湖《いらこ》に流された麻績王《おみのおおきみ》を挙げる。特に『万葉集』が伝える麻績王の物語は、「うつせみの命を惜しみ波に濡れ　伊良虞《いらご》の島の玉藻《たまも》刈り食《は》む」（巻一24番歌）と、伊良虞の島に流された麻績王の、生きてゆくためには手づから採った海藻を口にしなければならない、その悲痛な思いを伝えるのだが、他書は因幡《いなば》国（『日本書紀』）や常陸国板来《いたこ》（『常陸国風土記』）と複数の配所を伝えている。そのため折口は麻績王の物語や歌を撒布《さんぷ》した「巡游伶人《じゅんゆうれいじん》」とも名づくべき団体」すなわち「海部《あま》の民」を想定した上で、《貴種流離譚》の果たした役割を次のように述べる。

麻績王の伝記といふよりも、かう言ふ歌によつて、国々に物語の撒布せられた広さが思はずには居られぬのである。（中略）だが其以上に思はれる事は、ものゝあはれに思ひ沁《し》むことのなかつた世の人々の、初めて受けた人情に対する驚きの心である。唯この一つの物語だけでは、なかつたらう。之に似た幾種かの物語があつて、さうした陶冶《とうや》の足らなんだ地方人の為に、深い人間としての教養を与へ、追つては、文学の持つ普遍の悲しみに到達せしめるやうにして行つたことを思へば、かう言ふ幼い神を説く物語が、かくして一方に、美しい悲劇の物語を分化して来る径路に、何となく感謝したい様な、虔《つつ》ましい心が起らずには居ぬのである。

折口は《貴種流離譚》の果たした役割について、世間の人々を「文学の持つ普遍の悲しみに到達」させた点にみている。だがむしろ折口のこの指摘のほうこそ、「感謝したい様な、虔《つつ》ましい心が起らずには」いられないのだが……。

それはさておき、折口は《貴種流離譚》を幼神の物語から分化した美しい悲劇の物語として、軽皇子《かるのみこ》・石上乙麻呂《いそのかみのおとまろ》・中臣宅守《なかとみのやかもり》・小野篁《おののたかむら》・在原行平《ありわらのゆきひら》と歴史上の人物に順次触れた後、物語作品へと転じて、行平の弟業平《なりひら》を主人公とする『伊勢物語』、そして『源氏物語』を取り上げて、

昔物語の上の貴人のさすらひが、伝承の詞章から、文学の上にとりあげられた一つの絶頂が、源氏の須磨・明石の巻である。此《この》巻々にこそ、「物語要素」としての貴種流離譚の持つてゐるすべてのものが出ても居り、そのうへに、物語の内容にもなり、其《それ》を包んで来た民族の感激と謂《い》つたものも、「輝いた愁《うれ》ひ」とも言ふべき艶《つや》めかしさに潤《うるお》うて現れてゐるのである。

と述べて、《貴種流離譚》を「物語要素」と位置づけるとともに、光源氏の須磨・明石謫居《たっきょ》がその絶頂にあるとする。

続いて折口は、男性の《貴種流離譚》から女性のさすらいへと話題を変えて、『うつほ物語』から継子物語へと繋《つな》いで、最後には『義経記《ぎけいき》』でこの論を終える。その論述の中心は――なぜ『義経記』が源平合戦での義経の戦功を描き出さないのか――という疑問への答えであった。その点についてこう述べている。

何故なら、義経記の発足時代には、まだ略《ほぼ》明らかであつた事情の、既に義経記の成立した時代には、凡訣《およそわか》らずなつた事情が、併《しか》し尚其を書くことを牽制した理由は、義経を通して感じてゐた幼神の信仰の形を、甚《はなはだ》しく歪《ゆが》めることを憂《うれ》へしめた点にあるに違ひない。（中略）さうして、其底には源義経の名を以て表現せられた、古代を捨てぬ奥州に久しき信を伝へた神は、若い姿の貴い流離者でなくてはならなかつたのである。

すなわち『義経記』の根底に流離する幼い神をみて、武蔵坊弁慶や金《こがね》売り吉次をその育み人と幻視するのであった。それは奈具社に祀られた天女トヨウカノメと、彼女を養女とした和奈佐翁の姿であり、二人の間に「瑞々《みずみず》しく若やかな神」と、彼女を「斎《いっ》いて、その信仰を廣めて廻国した神人《じにん》」の関係をみたのであった。

そうして折口は《貴種流離譚》に共通する特色として水辺・海辺、及び「海部《あま》」との関連を見いだして、次のように論を締め括《くく》っている。

かうした幼神の信仰を宣布した者が、海部の民の中にあり、その信仰の為の教典とも言ふべき口だての詞章が、常に語られてゐる中に、海部自身には宗教であっても、その旅して過ぎた野山の国の村人には、単なる呪術と芸能とより外には、感じられなくなったのである。その為、彼らのすることは、絶えざるさすらひの旅であり、其《その》旅人として、又旅の幼神《ヲサナガミ》の物語を、携へて歩くものと見られてゐた。

つまり、さすらいの旅をする「海部」の民が信仰した幼神ゆえ、神自身もまた流離の物語とともにあったとするのである。

以上折口信夫は、「海部」の民において幼神の信仰を背景に発生した《貴種流離譚》が、歴史上の人物を次々と巻き込みながら、文学作品を構成する《物語要素》として、日本文学の中に様々な形で存在することを見事に解き明かしたのであった。

だがそこには問題点も含まれている。次節でそれを明らかにしよう。

その２　折口信夫の学説の問題点

前に述べたように、折口は《貴種流離譚》の根底に奈具社に祀られた天女の物語を据えた。その中で和奈佐翁は自分達を豊かにしてくれた天女に向かって、「汝《いまし》は我が児にあらず、暫《しまら》く借りて住めり。いで早く出で去《い》きね」と突然追い出してしまう。この点に関して折口は、

まだ布教者としての古い俤《おもかげ》をつきとめて行つた昔語りでは、丹後の物語りのやうに、唯の老夫《おきな》と老婦《おみな》として、極めて心も人間らしい者と伝へたのである。さうして其物語から、私どもがとりあげることの出来るのは、髫髪《うない》の神に奉仕する神人団のあつたことを示す点ばかりであつて、此神を虐待し奉つたなどいふのは、附加せられた空想に過ぎぬのである。

として、天女の追放は後人の「附加」した「空想」と片付けてしまっている。もちろんこれはあるまじき解釈であるが、なぜ折口はこのような過ちを犯したのか。それは和奈佐翁が天女を養育する理由を《異人歓待》に求めることができずに、幼神と神人の関係で説明するしかなかっ

たからである。

《異人歓待》とは、通常とは異なる姿や形の人（＝異人）に対して、誰しもが抱く嫌悪や敵意といった感情ではなく、好意を持って迎え入れたとき、異人はその返礼に《神》としての力を発揮するというものである。例えば『常陸国風土記』が伝える富士山と筑波山の話では、両山のもとを訪れた「神祖《みおや》の尊《みこと》」に対して、その宿泊を拒否した富士山は罰を受け、歓待した筑波山は永遠の繁栄を予祝されている。

したがって通常の人間ではない天女やかぐや姫を《異人》と捉えることで、和奈佐翁も讃岐《さぬきの》造《みやつこ》麻呂《まろ》も彼女達を養女として歓待し、その返礼を受けて裕福になったと解釈できる。

では、折口はなぜ天女達の物語を《異人歓待》とはしなかったのだろうか。それは、異人を《訪れる神》、すなわち《マレビト》とする自らの説に抵触し齟齬するからであった。折口にとっての異人＝《マレビト》とは、次のように述べられる。


冬と春との交替する期間は、生魂・死霊すべて解放せられ、游離する時であつた。其際に常世人は、曾《かつ》て村に生活した人々の魂を引き連れて、群行《グンギヤウ》（斎宮群行は此形式の一つである）の形で帰つて来る。此訪問《オトツレ》は年に稀なるが故に、まれびとと称へて、饗応《アルジ》を尽して、快く海のあなたへ還《かえ》らせようとする。邑落《ゆうらく》生活の為に土地や生産、建て物や家長の生命を、祝福する詞を陳《の》べるのが、常例であった。

尤《もっとも》、此は邑落の神人《じにん》の仮装して出て来る初春の神事である。常世のまれびとたちの威力が、土地・庶物の精霊を圧服した次第を語る、其昔の神《カミ》授の儘《まま》と信じられてゐる詞章を唱へ、精霊の記憶を喚び起す為に、常世神と共に対抗する精霊とに扮した神人が出て、呪言《じゅごん》の通りを副演する。結局精霊は屈従して、邑落生活を脅かさない事を誓ふ。(4)

つまり折口の唱える《マレビト》論は、訪れ来る常世神とそれに対抗し屈服させられる精霊、そして結果的に祝福を受ける人間、という三者の関係で展開する。そのため訪れる神と、それを排斥する人間、及び歓待して恩恵に与る人間という三者の関係で展開する《異人歓待》とは相容れないのである。

だが奈具社の天女を《異人歓待》と捉えることで、和奈佐翁が天女を追い出した理由も明白になり、《貴種流離譚》の本質も明らかになるのである。かぐや姫の場合は月の都で罪を犯したために地上へと流された。一方天女の場合は、天上での罪と追放はなく、ただ真奈井に舞い降りている。そのためその過程を無理に嵌め込もうとして、養い親であった和奈佐翁が突如豹変して追放者になり天女が流離するという、不自然な展開となったのである。

その結果《流離する貴種》＝《訪れ来る異人》となった天女は、奈具の地にいたって「我が心なぐしく成りぬ（心が慰められた）」とそこに留まる。それは「奈具」の地そのものが彼女を歓待したのであり、歓待された《異人》は《神》の姿を見せるために、彼女はこの地に穀物神トヨウカノメとして鎮座するのであった（彼女が穀物神である理由は後述する）。これが奈具社の物語の全容であり、そこに幼神とその信仰を宣布する神人団との関係は存在しない。

つまり、折口信夫の過ちは《貴種流離譚》の中に《異人歓待》を認めなかった点にあり、それはスサノヲの物語においても同様である。スサノヲを《マレビト》の一人とした折口は、アマテラスに乱暴を働き高天原から追放されて、出雲へと流離する姿を《貴種流離譚》とすることなく、また足名椎《あしなづち》手名椎《てなづち》老夫婦から娘櫛名田比売《くしなだひめ》を献上された返礼として、スサノヲが《神》の力でヤマタノヲロチを退治する場面を《異人歓待》とすることもない。だがスサノヲの物語を《貴種流離譚》と捉えることで初めて、《貴種流離譚》が文学において果たした役割が明らかになるのである。スサノヲに関しては、第４節で詳しく述べることにする。

その3　貴種流離譚完成形 ── 天武天皇

そこで先ず、《貴種流離譚》そのものが何であるかを確認するために、その完成した姿をみせている、『宇治拾遺物語』第186話を取り上げてみよう。この説話のあらすじは以下の通りである。

父天智天皇の思惑を背景に王位を狙う大友皇子。一方その対立者である、天皇の弟の大海人《おおあまの》皇子《みこ》。彼は天皇が病気になるや、身の危険を察し吉野に籠っていた。その大海人皇子を大友皇子が、「軍をととのへて、迎へ奉《たてまつ》るやうにして、殺し奉らむと」する。それを娘十市皇女《とおちのひめみこ》の知らせで知った大海人皇子は、「下種《げす》の狩衣《かりぎぬ》、袴《はかま》を着給うて、藁沓《わらぐつ》をはき」身をやつすと、山沿いに田原へと到る。そこで田原の里人から、「あやしく、けはひのけだかく」思われて、「高杯《たかつき》に栗を焼き、また茹でなどして参らせたり」と歓待を受け、次に訪れた志摩の国でも水を飲ませてもらう。やがて美濃の国墨俣《すのまた》の渡しへと来ると、「大きなる舟に布入れて洗ひける」女の助けで、逆さにした洗濯桶の中に匿ってもらい、彼女（実は不破明神）の援助を受け軍勢を整えると、「大友皇子、遂《つひ》に山崎にて討たれ給ひて頭《かしら》を取られぬ。それより春宮《とうぐう》、大和国に帰りおはしてなむ位につき給ひけり」と、天武天皇として即位するのである。最後に「田原にうづみ給ひし焼き栗、茹で栗は、形もかはらず生《お》ひ出《い》でけり。（中略）志摩の国にて水召させたる者は高階《たかしな》氏の者なり。さればそれが子孫、国守《くにのかみ》にてはあるなり」と、大海人皇子を歓待した結果が示されて終わる。

この《貴種流離譚》に関して、折口信夫は次のように述べている。

> 此などはあるべからざる伝へである。だから後世の世間《ママ（浅見か）》無学の人たちの附会説のやうに、一口に言ひ消すが、かう言ふ考へは、昔からあるものゝ思ひ方で、唯この型に入れて語り伝へるよりも先に、正史が記録せられてゐたので、伝説の方が、成立のそも〳〵から、存在の余地を失はうとしてゐた訣であつた。(5)

ここで折口が述べているように、壬申の乱に関しては一方に詳細な正史の記録がある。それにもかかわらず、存在自体危うい、この説話の形で王権の成立を説いている点が問題となる。天武天皇の即位が流離を通して達成された、とする解釈が一方に存在したのである。

事の発端は帝の弟（叔父・義父）と皇子（甥・婿）との、皇位を巡る争いである。通常なら天皇は皇位継承の順に則り即位することによって、正統な支配権を持つ王として現れる。ところが親の愛情に原因があったにせよ、子の野心にあったにせよ、皇位継承の秩序が守られなかったところから、この説話は始まってゆく。それは言い換えると、この時点では大海人皇子も大友皇子もどちらも正統な王としての資格を有していないということであり、王未定の始原の時と重なってゆく。その際政権内部において自らの正統性を声高に主張したところで、誰も納得などしない。一旦政権外部に出て、その資格を獲得してくるしかない。それが大海人皇子の、政権内部《中心》から外部《辺境》への流離であった。

《貴種流離譚》における流離の前提には、主人公が被る正義の仮面がある。大海人皇子の流離が大友皇子の殺意を恐れてのものであったように、罪無く排斥・追放される主人公は悲劇性を背負う一方で、彼を追い込んだ相手側は悪を背負うことになる。したがって《外部》への流離の果てに元の地へと舞い戻る主人公は、必然的に悪漢を倒す正義のヒーローとして立ち現れることになる。

ただしこの《外部》性を身に帯びること、及び正義の相貌ということで考慮すべき点は、《賎種流離譚》の存在である。『宇治拾遺物語』は大海人皇子の流離譚に続けて、「頼時ガ胡人《こひと》見タル事」という《賎種流離譚》を配している。従来《貴種流離譚》は単独でしか論じられてこなかったが、《賤種流離譚》と対としてあることはもっと考慮されるべきだと思われる。《賤種流離譚》の内容は以下の通りである。

奥六郡の総帥安倍頼時が「陸奥の夷《えびす》にて、大やけにしたがひ奉らずとて」朝廷から責められたとき、自らの無実を晴らす手段がないために、「奥の地より北に見渡さるる地」を目指して、貞任・宗任以下一族郎党を引き連れ船出する。その結果到着した河口（北海道と推測される）から、さらに一月余り遡上したとき、

胡人《こひと》とて絵に書きたる姿したる者の、赤き物にて頭結《かしらゆ》ひたるが、馬に乗り連れてうち出《い》でたり。

と、北方の民と遭遇する。頼時の前に現れた千騎もの「胡人」たちは、「聞きも知らぬことをさへづり合ひて」河を渡ってゆく。鳥のような「異類」である「胡人」に出遭った頼時は、「恐ろしく、それより帰りにけり」と帰郷し、その後すぐに亡くなるのであった。

この説話において、「夷」すなわち賤種頼時は無実にもかかわらず国を追われ、《辺境》の地を通り抜け、国家《外》へと到り、「胡人」の住む《異界》を目撃し帰って来て死ぬ。(6)

《貴種流離譚》の特徴としていわれる悲劇性、すなわち艱難辛苦《かんなんしんく》の流離・漂泊、そして死。それが《貴種流離譚》を誕生させた要因とする考えさえある。しかしこの頼時説話を見る限り、その悲劇性が《貴種流離譚》だけに固有のものではなく、《賤種流離譚》にも同様に存在することがわかる。したがって無実の罪で排斥され《外部》性を身に帯びることが、大海人皇子の王としての正統性を保証したのではない、ということになる。

では貴種流離と賤種流離とを分かつものは何か。それは《異人歓待》の有無である。《辺境》から《異界》へと足を踏み入れた頼時は、そこで歓待される異人にはなれなかった。それに対して大海人皇子は、「下種の狩衣、袴を着給うて、藁沓をはき」と、普段とは異なる下賤な姿へと身をやつす。その皇子を迎える田原の里人は、「あやしく、けはひのけだかくおぼえければ、高杯に栗を焼き、また茹でなどして参らせたり（傍点私意）」と、すぐにその「あやしき」人を歓待している。だが正体不明のみすぼらしい男、すなわち《異人》に対して、通常人々が抱くのは嫌悪であり敵意であろう。

　異人歓待の神話を載せる『常陸国風土記』をみると、訪れ来た「神祖《みおや》の尊《みこと》」の要求を「福《ふ》慈《じ》の岳《やま》」は拒絶し、また『備後国風土記』逸文でも、宿を求める武塔《むた》の神の申し出を「弟《おと》の蘇民将来」は拒否している。どちらも神の姿への言及はないが、賤形と考えなければ拒否する理由が不明であろう。そして神が賤形としてある理由は、人がそれを背負うからである。人が神になるためには、聖なる神々しさを身に帯びればすむ。だがそれが不可能である以上、卑賤性を身に帯び人の世界から抜け出るしかないのである。

したがって、訪れ来る神に対しては先ず排斥・拒否する気持ちがあって、その後に神を迎え歓待したというのが、この神話の本来の形と思われる。つまり賤形の異人に対する嫌悪や敵意といった一般的感情を排して、「筑波の岳」がまた「兄《え》の蘇民将来」がそうであったように好意を持って彼を迎えたとき、その返礼に異人は《客神＝マレビト》の力を発揮するのである。それは言い換えると、異人を迎える側の心が通常とは正反対の心へと百八十度転回したのに合わせて、賤形の異人も本来の姿である高貴なる神へと百八十度の変身を遂げた、ということである。人の心が起こすこの奇跡劇こそが《異人歓待》であり、日本人の信仰心のダイナミズムであった。

その歓待を受けた「神祖の尊」の筑波山への返礼が、「人民集ひ賀《ほ》ぎ、飲食富豊《ゆたか》に代々に絶ゆることなく」という飲食物への祝福であったように、《貴種流離譚》の主人公大海人皇子も賤形の異人として歓待された結果、「焼き栗、茹で栗は、形もかはらず生ひ出でけり」と、死んだ種を芽生え・生育させる《穀物神》（＝創造主）の力を見せるのである。

一方でこの場面において、「思ふこと叶ふべくは、生ひ出でて、木になれ」と、皇子が王位への意思を示して栗を埋めたとき、「里人、これを見て、あやしがりて、標《しるし》をさして置きつ」と、地面に目印が刺される。それを杖と見立てれば、焼き栗の樹木への成長は杖立て伝説へと繋がってゆくだろう。そうすると皇子の姿は、「杖を携えて遊幸する古代の首長や王たちの姿」[7]、すなわち《始原の王》の姿へと重なってゆくことになる。

《穀物神》と《始原の王》。両者は密接に絡み合う。《始原の王》が王となることのできる資格は、おそらく穀物の豊穣を招来する神との関係にあったに違いない。そのため正統な王誕生の物語である《貴種流離譚》の主人公には、両者の面影が揺曳《ようえい》するのである。

したがって、大海人皇子も異人として歓待された結果、《穀物神》あるいは《始原の王》という貴種たるゆえんの貌《かお》を見せるのであり、それが取りも直さず正統な支配権を有する王の資格を獲得したことを意味するのである。そのためこの後に皇子が訪れ水の歓待を受けた志摩の国では、「汝が族《ぞう》にこの国の守《かみ》とはなさむ」と、天皇としての行為を先験的に行っているのである。

そしてこの正統な王の資格獲得のさまが、逆さ桶の中の籠もり、すなわち擬死からの復活・再生として儀礼的に演じられ、正統な王として生まれ変わった皇子は、自らを追いやった敵、大友皇子を打倒し皇位に即くのであった。これを図示すると、次のようになるだろう。

図①　天武天皇

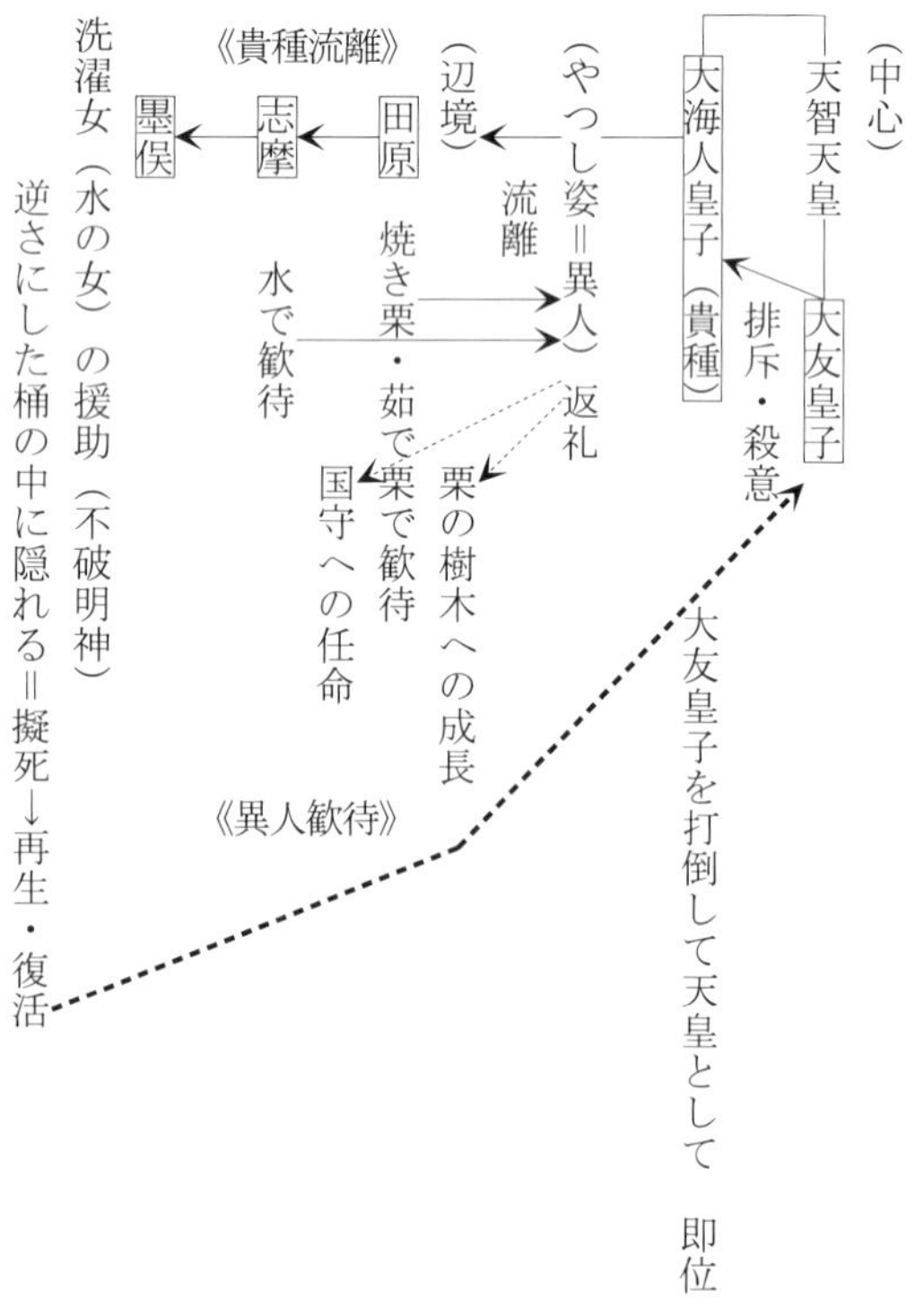

以上、《貴種流離譚》というのは、王位を巡る争いにより政権の中心から追放された貴種が、

《異人》として流離する過程で受ける歓待を通して《神》の力を獲得し、《正統な王》として即位する物語である。それは王が不在・未定の始原のときの状況でもあり、したがって《貴種流離譚》とはこの世に最初に出現した王の物語、すなわち《始原の王》誕生の物語でもあった。

そうして権力を巡る争いは始発の時から繰り返されて、次々と《貴種流離譚》を生み出してゆく。ところが多くの《貴種流離譚》をみると、政権の中枢に戻って帝位に即くのは天武天皇以外にいない。かろうじて准太上天皇《じゅんだいじょう》になった光源氏だけがそれに准じていようか。他の物語は中心に回帰することも敵を打倒することもなく終わっている。だがその不完全な形にこそ文学との深い係わりが潜んでいるのである。

その４　短歌の発生 ―― スサノヲ ――

『古今和歌集』仮名序が短歌の最初の詠者としていたスサノヲ。彼がなぜその栄光を担うことになったか。『古事記』によって確認してみよう。

スサノヲは誕生した後、父から命じられた海原を治めないで、成人するまで母を慕って泣き続けている。その泣く様は、「青山を枯山の如く泣き枯らし、河海は悉《ことごと》く泣き乾しき」と表現されている。がしかし、泣き続けたために長雨・洪水が生じたというならまだしも、泣くことにより日照り・旱魃が生じるというのは、あまりに不自然である。日照り・旱魃は言うまでもなく太陽神であるアマテラスの罪であるはずだ。したがってこの一文の不自然さは、その罪をスサノヲに被せたために生じた結果ではないだろうか。スサノヲがスケープゴートとしてあることは、すでに指摘されている(8)。がしかし彼に着せられた罪や、その理由が不明確であることは否めない。やはり大和朝廷の最高神を護るために、日照り・旱魃という太陽神の罪を弟神に負わせて追放したとみるべきだろう(9)。

　こうしてスサノヲの高天原からの追放が決まり、無実の罪による流離が始まってゆく。その報告のためにアマテラスのもとにいったスサノヲだが、高天原侵略と疑われたために、「うけひ」を行う。この両者の争いは誤解から始まったとは言え、高天原（神の国）の正統な支配権を巡る争いであることは言うまでもない。この争いにおいてスサノヲは五柱の男神を生んで、「邪《あ》しき心」や「異《け》しき心」がないことを証明する。それに対してアマテラスは、「是の、後に生《うま》める五柱の男子は、物実《ものざね》我が物に因りて成れるが故に、自ら吾が子ぞ」と、勝利を奪う発言をしてスサノヲを挑発する。それにまんまと乗せられてしまったスサノヲは「勝ちさび」に乱暴を働き、田の畦《あぜ》を壊し溝を埋め宮殿を汚した上に、「天の服織女《はたおりめ》」を殺害するなど、次々と罪を犯してしまう。そのためアマテラスは石屋に籠もり、擬死から復活・再生の儀礼を演じることになる。

　ところでこの「うけひ」は、元々侵略の意思のないスサノヲの勝利で終わるものであり、「勝ちさびに」暴れる必要などなかった。それにもかかわらずアマテラスの挑発に乗って暴れるのは、先の日照り・旱魃の罪は実際にスサノヲが犯したものではなかったために、この時点で実際にスサノヲに罪を犯させ正式な追放理由とする必要があったためであり、それによって旱魃に関するアマテラス守護の策謀が表面から消えるのである。

　こうして再びスサノヲの追放が決定するのだが、その際スサノヲは穀物神オホゲツヒメを殺害し、稲・粟・麦・小豆・大豆といった穀物、及び蚕を誕生させる。穀物の誕生は日の神アマテラスが本来担うべき営みである。それにもかかわらず、罪人スサノヲがなぜそれを担当したのか、その理由が問われなければならないだろう。

　その点については後で述べるとして、追放され流離するスサノヲは出雲国へと降る。その間の姿は『古事記』に代わって『日本書紀』の一書が、

　　時に、霖《ながめ》降る。素戔嗚尊《すさのをのみこと》、青草を結束《ゆひつか》ねて笠蓑《みの》として、宿を衆神《もろがみたち》に乞ふ。衆神の曰く、

「汝は是躬《これみ》の行ひ濁悪《けがらは》しくして、逐《やら》ひ謫《せ》めらるる者なり。如何《いかに》ぞ宿を我に乞ふ」と言ひて、遂に同《とも》に距《ふせ》く。是を以ちて風雨甚《はなはだ》しと雖《いへど》も、留休《とまり》むこと得ずして辛苦《たしな》みつつ降《くだ》る。

と伝えている。スサノヲが身に着けた笠蓑は鬼の姿へと重なる《異人》の装束であり[10]、宿を求めて拒絶される姿は、忌避される《異人＝異神》の境遇をそのまま示している。前に確認したように、通常忌避される《異人》は歓待されることによって《神》へと変身しその力を顕す。したがって本来鬼とされる笠蓑姿が《神》とされるのも、《異人》として歓待された結果であり、初めから笠蓑姿＝神とあるわけではない。そうだからこそ、「辛苦みつつ」出雲国へと流離したスサノヲは、アシナヅチ・テナヅチ夫婦から娘クシナダヒメを捧げられるという歓待を受け、その返礼にヤマタノヲロチを退治するのである。

そして土地の神であり自然神であるヤマタノヲロチを退治したスサノヲは、手に入れた草那《くさな》芸《ぎ》の剣《つるぎ》（ツムハの太刀）をアマテラスに献上する。この点についても後に触れる。

その後須賀の地に到ったスサノヲは、「我が御心、すがすがし」として、この地を「須賀」と名づける。そしてこの時点で「大神」と呼ばれることになったスサノヲは、そこに湧き立つ雲を見て、日本最初の短歌――「八雲立つ出雲八重垣妻寵《ご》みに　八重垣作るその八重垣を」――

を詠むのであった。この後オホクニヌシの神話において、スサノヲは根の堅州国にいるので、クシナダヒメとの婚姻後亡くなったとみるべきだろう。

以上がスサノヲの生涯であるが、これを図示すると、次のようになる。

図②　スサノヲ

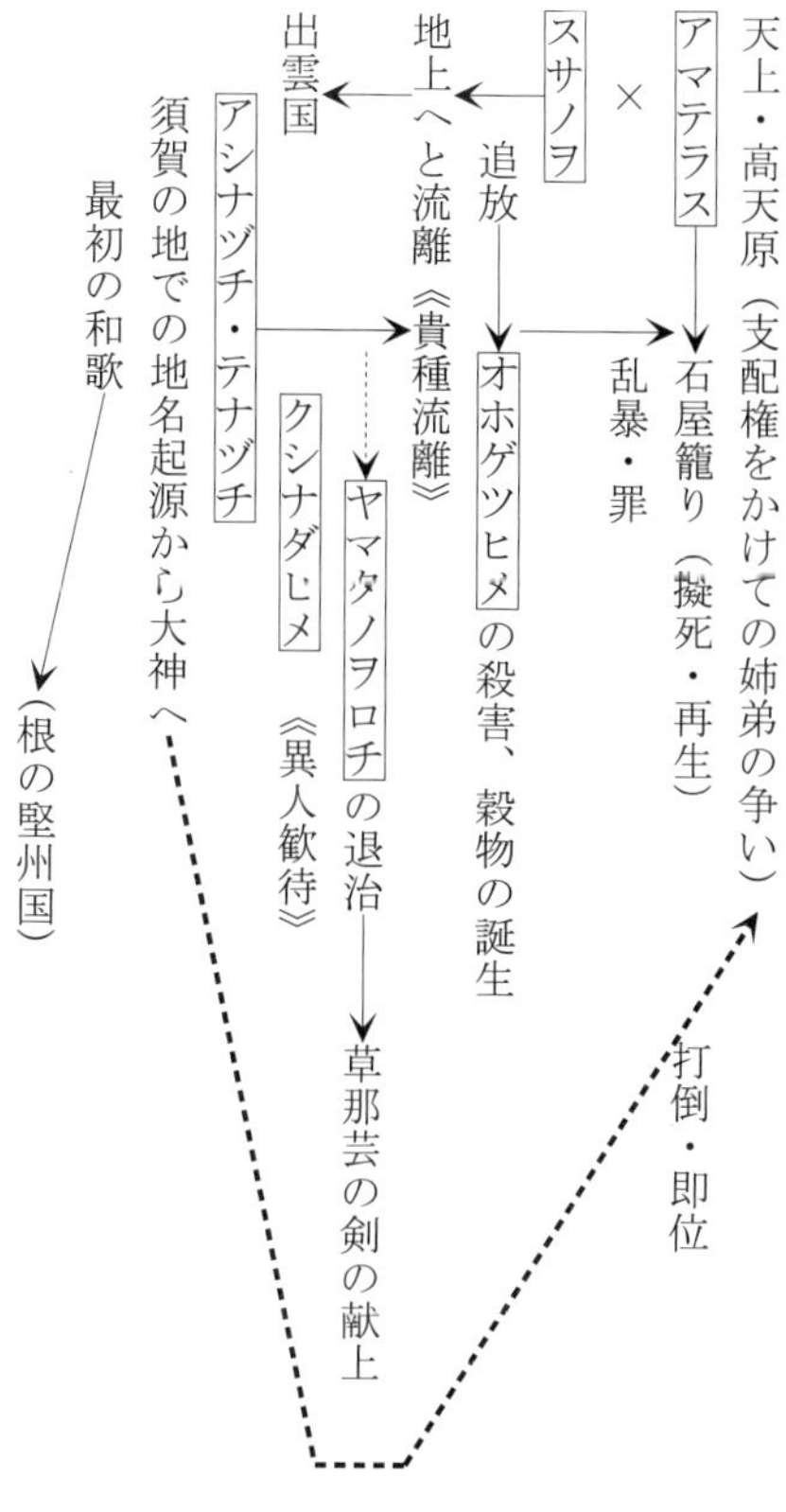

先の図①「天武天皇」と比較すると明らかなように、この神話にはいくつもの歪みと揺れがある。その最大の原因はこの神話が《貴種流離譚》であるにもかかわらず、流離するスサノヲが正統な支配権を有する王（図の点線部の動き）として行動していない点にある。その理由を推測すると——高天が原の正統な支配者を決定する神話を作成するに当たって、その資格獲得の物語である《貴種流離譚》が採用される。だがその物語はスサノヲが擬死・再生の果てに、正統な王の印である草那芸の剣を手に、敵対する相手を倒して即位する物語であった——と思われる。こう考えて初めて、スサノヲが穀物を誕生させる《穀物神》として現れ、また後代神器とされる草那芸の剣を手にした《始原の王》の姿を見せている理由になるであろう。それは《異人歓待》を通して現れ、そして獲得される姿であった。その《スサノヲ王の物語》をアマテラスが最高神であることを確認・証明する物語へと強引に変更したため、現在のような歪みと揺れとが生じたのだと考えられる。

だがそうであるからこそ、日本最初の短歌も詠まれたのであるが、そのことを考えるために、スサノヲの物語と内容が重なる奈具社の由来譚を今一度確認しておきたい。

丹後国比治山の頂にある真奈井に、水浴びに舞い降りた天女達。その一人の衣服を和奈佐翁夫婦が隠して、強引に養女とする。十数年一緒に暮らす間に天女は酒を醸造し、それを売った翁夫婦は裕福になる。天女養育とその返礼としての酒造は、前提となる流離の過程は描かれていないものの、《異人歓待》に相当するだろう。ところがある日突然翁夫婦は天女に向かって、「汝は吾が児に非ず、暫《しまら》く借りて住めり。いで早《と》く出《い》で去《ゆ》きね」と申し渡し、彼女を追い出す。そのため地上を流離することになった天女は、「天の原振り放《さ》け見れば霞立ち　家路惑ひて行方知らずも」と、その悲しみの心をうたう。そして竹野の郡船木の里奈具の村に至り、「此処《ここ》に我が心なぐしく成りぬ」とこの村に留まり、食物神トヨウカノメとして鎮座したのであった。

この《貴種流離譚》がかなり不完全な形であることは言うまでもない。前に述べた通り、その原因は天女を地上へと流離させることになる、天上での政権争いそのものが存在しない点にある。そのため天女は水浴びに地上に舞い降りただけで、追放・流離の過程が存在しない。そこで天女を養育した翁夫婦が突然態度を豹変させ、天女を追い出さなければならなくなるのである。つまり天女を《異人》として歓待した二人が、同時に悪を背負う追放者を演じるという矛盾を抱え込んでまで、《貴種流離譚》の話型に拘《こだわ》ったことになる。

おそらくそれは、この天女がトヨウカノメという食物神として祀られなければならなかった点にある、と思われる。「神祖の尊」の筑波山への返礼が飲食物への予祝であり、天武天皇が焼き栗・茹で栗で歓待された結果それを樹木へと成長させたように、また歓待の記述はないもののスサノヲがオホゲツヒメを殺害し穀物を誕生させるように、流離する《異人》は食べ物を誕生させ、豊穣を予祝する《穀物神》の姿を見せるのである。したがってこの天女の物語は政権争いとは無縁なものの、食物神の縁起を語る必要性から《異人歓待》の返礼として酒を醸したのであった。

こうして天女は《貴種流離譚》の主人公になったのだが、それは多分にスサノヲの物語の影響下にあったと考えられる。それはこの二つの物語が進行順序は相前後するものの、共通する点が多いからである。

(スサノヲ) 流離→食物神→異人歓待→地名による慰撫→大神→短歌

(天女) 異人歓待→流離→短歌→地名による慰撫→食物神

特に「須賀」の地で「すがすがしく」なるスサノヲと、「奈具」の地で「なぐしく」なる天女。しかもその後両者はともに《神》へと変身する。これは「須賀」・「奈具」の地名そのものが里人に代わってこの二人を歓待した、とみることによって理解できるだろう。歓待された

《異人》は《神》の姿を見せて返礼するのであるから、地名によって慰撫された二人は、この地において《神》になった、と考えられるのである。

そこで二人の共通点として問題となるが、短歌を詠むことである。須賀の地でスサノヲは初めての歌を詠むのだが、その理由は曖昧なままである。それに対して翁夫婦から突然追い出された天女は、

妾《あ》は私意《わがこころ》を以ちて来たれるには非らじ、こは老夫らが願へるなり。何《いか》にぞ厭悪《いとひ》の心を発《おこ》し忽《たちまち》に出去之《すてはなたるる》痛みあらむ。

と悲憤の情を述べた上で、

天の原振り放《さ》け見れば霞立ち　家路惑ひて行方知らずも

と歌に詠んでいる。

当然ながらこの歌は、非道な和奈佐翁夫婦を糾弾し打倒しようとする方向性を孕んでいる。

その内在する力は天武天皇の場合は、敵対する大友皇子を直接打ち倒す力となって顕在化していた。だが天女の場合、十数年養育してくれた翁夫婦を倒すことなどできない。それはスサノヲも同様である。密かに彼に罪を着せ、また煽って罪を犯させたアマテラスの悪意や策謀は表面には出て来ない。その上に高天原の正統な支配者であり最高神である彼女を打ち倒すことなど、最初から望むべくもない。つまり中心から排斥されたスサノヲの無念さや恨み、すなわち敵を撃つ力は行き場を失って、初めての歌となって表れたのではないだろうか。

《異人》であるスサノヲは、歓待されることによって《創造主》あるいは《始原の王》としての性格を持つために、この須賀の地で歌という新しい言葉の世界を創造し、その力の捌け口としたのである。それは見方を変えると、彼の怨恨の情があるいは鎮められない魂が、短歌という新たな文学的言説を生み出したとも言えるかもしれない。(11) ただしその初めての歌として、「出雲地方の新室寿ぎの民謡(12)」とも言われる歌、すなわち、

八雲立つ出雲八重垣妻籠みに　八重垣作るその八重垣を

と、この詠んだ歌が選ばれたのは、アマテラスの罪が表面に出て来ることがないように、彼女

を撃つ力もまた深く潜在したものとなるしかなかったためである。

正統な王即位の物語である《貴種流離譚》。それが王の即位へと物語が進行しなかったとき、敵へと向かうはずだった主人公の力は新たな文学的言説の発生を喚び起こし、スサノヲを最初の短歌の詠み手としたのであった。

その5　ヤマトタケル——連歌の発生——

続いてヤマトタケルを取り上げるが、彼の場合は真奈井の天女以上にスサノヲとの関係が深い。スサノヲがヤマタノオロチから取り出した草那芸（ツムハ）の剣。それをその名の通り『記』、あるいはその名の由来（『紀』）として、「草を刈り撥《はら》ひ」使用したのはヤマトタケルであった。さらにヤマトタケルもまたスサノヲ同様に、正統な王として中心に回帰し即位することはない。したがって両者は対応関係にある、と考えて間違いないだろう。そのことを踏まえた上で、ヤマトタケルの物語をみてゆくことにする。

ヤマトタケルは熊襲・出雲への西征を通して、凶暴性に溢れ智謀に富み狡猾に立ち回る姿を見せ、父景行天皇の王位を脅かす存在へと成長する。そのため天皇はヤマトタケルの力を利用

して東国への出征を命じる。それに対してヤマトタケルは、

天皇の既に吾を死ねと思ふ所以《ゆゑ》や、何《なに》、西の方の悪しき人等を撃ちに遣《つかは》して、返り参ゐ上り来《こ》し間に、未《いま》だ幾ばくの時を経ぬに、軍衆《いくさども》を賜《たま》はずして、今更に東の方の十二《とをあまりふたつ》の道の悪しき人等を平げに遣しつ。此《これ》に因りて思惟《おも》ふに、猶《なほ》吾を既に死ねと思ほし看《め》すぞ。

と父の殺意に言及する。

その言葉通りヤマトタケルの東国平定の遠征は、同時に父王の殺意によって死に向かう旅でもあった。つまりヤマトタケルを主人公とした《貴種流離譚》は、大和朝廷の武力を象徴して東国へと攻め行く姿と、父王から追放され漂泊する皇子の姿とが表裏の関係で連続しているのである。従来は後半の死に向かって辛苦流離の姿だけを《貴種流離譚》とし、前半の関東侵攻の姿を顧慮することがなかった。しかしヤマトタケル物語は全体が《貴種流離譚》の枠組みの中にあるとみて、初めてその姿が理解できると思われる。

そこで先ず前半の東国遠征の姿をみると、叔母ヤマトヒメの援助を受け尾張に到着したヤマトタケルは、ミヤズヒメとの婚姻の約束をした上で、正統な王の印である草那芸の剣を振るい、

駿河・相模の地を平定する。その際彼の行為が「焼津」という地名を成立させる。さらに「走水《はしりみづ》の海」を渡り上陸した地で「荒ぶる蝦夷等《えみしなど》を言向《こと》け、また山河の荒ぶる神等を平《たいら》げ和《やは》し」た後、足柄山の坂の神を倒し、その一帯を「東《あづま》」と名付けて、関東進出への道筋をつけるのである。

こうして草那岐の剣を手に王化の及ばない地へと支配権を拡大し、次々と荒ぶる神や坂神を鎮圧し、その地に名を付けてゆくヤマトタケル。その姿は一人の皇子のものではなく、東の地に降り立った《始原の王》とも言うべき姿である。つまり大和朝廷の関東進出をヤマトタケルという一人の英雄に託して描こうとしたために、その姿を可能とする《貴種流離譚》が取り込まれたのではないだろうか。ただし主人公が《神》や《始原の王》の姿を見せるのは、《異人歓待》の結果である。だが流離としてではなく、東国への遠征として旅するヤマトタケルの場合は、《異人歓待》もそのままの形では表れない。つまり草那岐の剣や嚢《ふくろ》を与えたヤマトヒメの援助を、あるいは「走水の海」に入水することでヤマトタケルを救う后オトタチバナヒメの犠牲的行為を(13)、形を変えた《異人歓待》とみることによって、東国に新たな道を切り拓くヤマトタケルの《始原の王》としての姿が理解できるのではないだろうか。

その後甲斐の国の酒折の宮に到着したヤマトタケルは、火焼きの翁と五七七の歌を唱和する。

歌ひて曰《い》はく、

　新治　筑波を過ぎて　幾夜か寝つる

爾《しか》くして、其の御火焼の老人《おきな》、御歌に続《つ》ぎて、歌ひて曰はく

　日々並《かがな》べて夜には九夜　日には十日を

是を以て、其の老人を誉めて、即ち東国造《あづまのくにのみやつこ》を給ひき。

これが『筑波問答』において連歌の起源とされた問答であるが、これもまた《異人歓待》の変形とみられる。なぜなら御火焼の老人は片歌を返すことで、東の国造に任命されているからである。それは大海人皇子が水で歓待してくれた志摩の国人を、国守に任命した行為と同等である。したがって御火焼き老人は、ヤマトタケルを歌で歓待したとみることができよう。

そうしてその歓待の結果現れる《創造主》としての姿が、またスサノヲと同様に中心から排斥され死に行くヤマトタケルの無念さや恨みの発現が、二人で歌を詠み合うという連歌に近い、新たな文学的言説を発生させたと考えられる。しかしこの時点ではまだ彼の怨恨は語られてはいない。それが描かれるのは東国平定の役割を終えた後半である。

尾張へと戻ったヤマトタケルは約束通りミヤズヒメと婚姻する。尾張との同盟関係を意味するこの婚姻は、ヤマトタケルが駿河・相模の地を支配下に置くことで成立したのであり、その両国の関係を示して、大和朝廷の武力を象徴する草那芸の剣が彼女の許に残される。その結果ヤマトタケルは素手で伊吹山の神と対峙することになり、初めての敗北を喫することになる。そしてこの敗北を始まりとして《貴種流離譚》の特色である苦難の流離・漂泊が描かれることになる。その流離の直接の原因は「おすひの襴《すそ》に月経《さはり》著《つ》けた」女性との関係、すなわち血の穢れのタブーを侵犯したことにある。だが《貴種流離譚》において中心から追われる主人公の罪は無実か濡れ衣であり、ヤマトタケルの罪も同様だろう。

こうして伊吹山の神に敗れ傷ついたヤマトタケルは当芸野《たぎの》→杖衝坂《つえつきざか》→尾津→三重と進むうちに次第に歩行困難となるとともに、彼のその状態が次々と地名を形成してゆく。もちろん地名が先にあって、それに合わせて物語化されたのだが、杖衝坂に関して、「古代の巡幸する王の面影が淡く透けてみえることに注意したい(14)」と言われているように、ここにも《始原の王》の姿がみられ、また同時にこれらの地名の《創造主》としての姿がみられるのは、《貴種流離譚》ゆえである。

そうしてヤマトタケルは尾津で長歌を詠んだ後、能煩野において「倭は国のまほろば」と二首の思国歌《くにしのびうた》を詠み、「愛《は》しけやし」と片歌を詠み、「嬢子《をとめ》の床の辺に我が置きし剣の太刀」と辞世の歌を詠んで亡くなる。そして遺された后や御子によって鎮魂歌・葬送歌が四首うたわれるも、ヤマトタケルの魂は「八尋《やひろ》の白ち鳥」となって空を翔けてゆき、その鎮魂歌は天皇の大葬の歌となったと伝える。

以上の流れを図示すると、次のようになる。

図③　ヤマトタケル

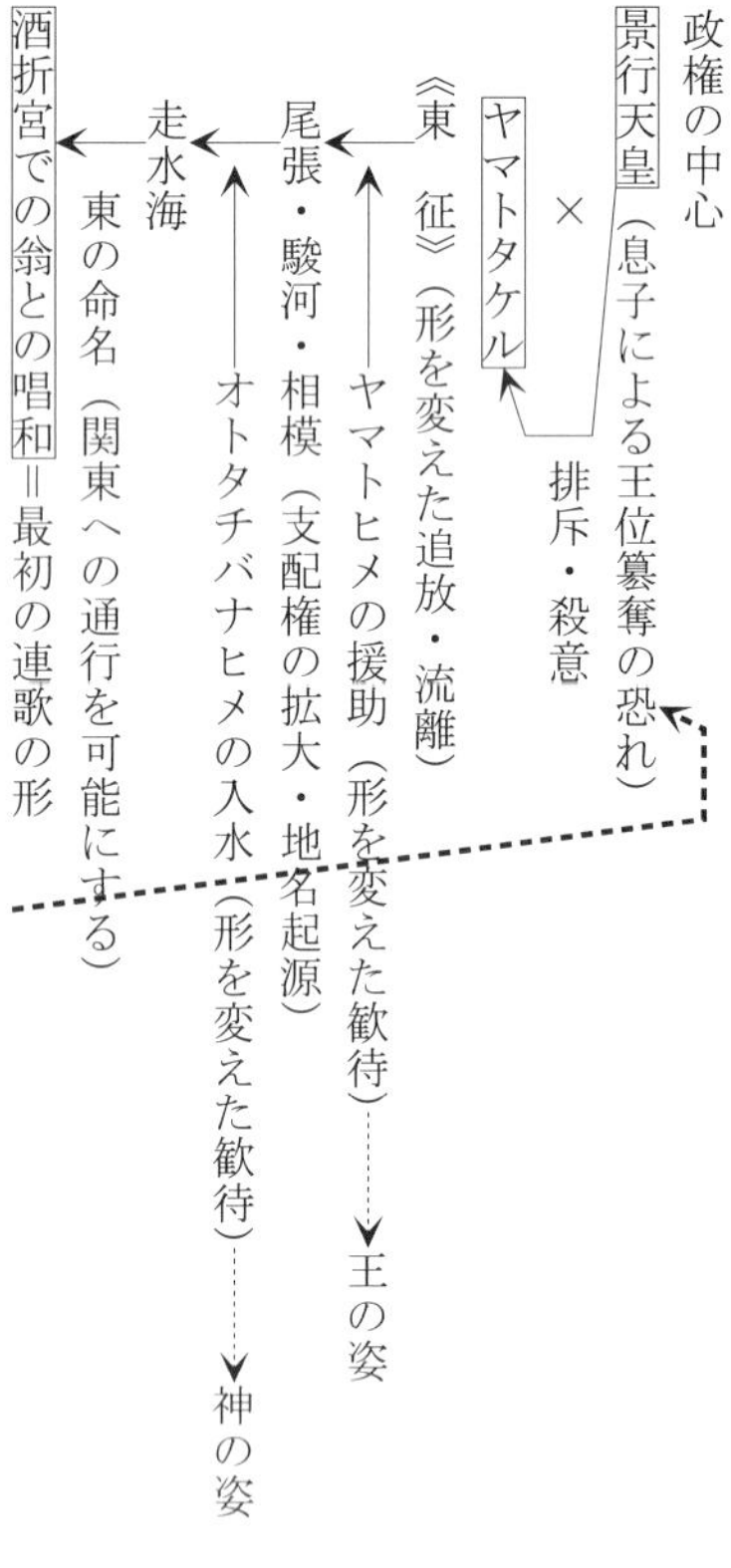

↕翁《異人歓待》→国造任命

☆ ←尾張でのミヤズヒメとの婚姻（タブーの侵犯・草那岐の剣を残す）

《流　離》（東征の終わり）

死に向かって衰弱（地名起源の繰り返し）

←（辺境）

能煩野→思国歌・片歌・辞世歌

㊉白鳥となって、さまよう魂

四首の鎮魂歌→天皇の葬送歌

この図から明らかなように、本来は流離とともに描き出される《異人歓待》を前半に持ってきたために、☆印以下の後半は一転して歓待されることなく、ただ死に向かって流離する惨めな姿だけが描かれることになる。それは《貴種流離譚》で彼の物語を構成した必然であった。こうして政権の中心から追われ、父の殺意によって死を余儀なくされたヤマトタケル。当然彼は父王に対する烈しい恨みを抱いているはずだが、それが父王殺害という具体的な形となって現れることはなく、父の殺意についても二度と言及されることさえない。その代わりとして彼の口からは、次々と歌が発せられるのである。スサノヲの無念さや恨みの発現として初めての短歌があったように、ヤマトタケルの場合も父王打倒へと向かうその力が、御火焼きの翁との唱和を初めとした、さまざまな歌の形で表れ出たと考えられよう。

折口信夫によって《貴種流離譚》とされる、光源氏・麻績王《おみのおおきみ》・軽皇子《かるのみこ》・石上乙麻呂《いそのかみのおとまろ》・中臣宅守《なかとみのやかもり》・小野篁《おののたかむら》・在原業平《ありはらのなりひら》。彼らも多くの歌がその流離を彩っていることは言うまでもない。その中にあってヤマトタケルに最も近いのは、妹との近親相姦の罪で伊予の国に追われた軽皇子であろう。妹との関係の始まりから心中するまでの過程を、志良宜歌《しらげ》・夷振《ひなぶり》の上歌《あげうた》・天田振《あまだぶり》・夷振の片下《かたおろ》し・読歌《よみうた》と称ばれる数々の歌曲で綴っている。たとえばその中の「天田振」の歌をみると、

太子、捕へらえて、歌ひて曰く、

天廻《あまだ》む軽《かる》の嬢子《をとめ》甚泣《いた》かば人知りぬべし　波佐の山の鳩の下泣きに泣く

又、歌ひて曰く、

天廻む軽嬢子確々《したた》にも　寄り寝て通れ軽嬢子ども

のように、本人とは無関係な、あるいは本人に成り代わっての歌が、そこに呼び寄せられているることがわかる。その最たる例は六十三首の歌を呼び寄せた中臣宅守であろう。つまり政治的

な力のせめぎ合いに敗れた者へ、《中心》から《辺境》へ追われた者へと歌が引き寄せられて、自身が創作した歌を次々とうたう形で、その悲劇を嘆き、その心が慰められるのである。

それはヤマトタケルの場合も同じである。正統な王の資格を身に帯びながらも、王位に即くことなく死を余儀なくされたとき、父王へと向かうはずだった撃つ力は新たに歌を掛け合うという連歌の言説を発生させるとともに、救われない魂を自ら鎮めるかのように次々と歌となって表れているのである。

さらにヤマトタケルに捧げられた四首の葬送歌が天皇の大葬のときの歌となるのは、この《貴種流離譚》を通して彼こそが正統なる王の資格を手にし、初めての王の面影を東の地においてみせたからに他ならないだろう。

こうして短歌と連歌という二つの韻文の形式は、挫折した《貴種流離譚》の主人公、すなわち政治的犠牲者（スケープゴート）であるとともに、《創造主》（穀物神）あるいは《始原の王》としての貌を持つ二人の人物が、発した言葉として生まれたのであった。

もちろんそれは伝説の中にあったのだが、それに対して実作の上で《貴種流離譚》を取り込んだ散文作品はどうだったのだろうか。先ず長編物語・作り物語の始祖とされる、『竹取物語』からみてゆくことにしよう。

その6　物語の発生　――『竹取物語』――

さて物語作品としての『竹取物語』を考えるとき、『今昔物語集』が載せる説話「竹取翁女児を見つけて養ふ語」（巻三十一ノ33話）と比較するのが有効である。両作品の先後関係・影響関係はともかくも、その源泉は共通していると考えられ、そこに生じた差がそのまま《物語》の特色となって浮かび上がってくるのである。その差とは次に挙げる、①から⑥の項目である（言うまでもなく、有無の有と多少の多が『竹取物語』である）。

① 登場人物名の有無
② 求婚譚の求婚者の数の多少・難題の品の違い・叙述量の多少
③ 語源譚（「よばひ」以下六例）・地名起源譚（富士山）の有無
④ 和歌の有無
⑤ 帝との交際の叙述量の多少・文通の有無
⑥ 月の存在の有無・カグヤヒメの罪の有無・不死の薬の有無

こうしてみると、『竹取物語』は『今昔物語集』が持たないこの①から⑥までの項目を持つことによって、最初の《物語》として生まれ出たのであり、それは言い換えると、《物語》として誕生する条件が①から⑥であったということになる。

そしてこの①から⑥までの項目をみると、すでに確認してきた《貴種流離譚》へと収斂してゆくことがわかるであろう。特に《説話》が全く持たない、⑥の「月の存在・カグヤヒメの罪・不死の薬」の設定は、カグヤヒメを《貴種流離譚》の主人公にするためにだけある、と言っても過言ではない。カグヤヒメは、「いとけうらに、老いもせず、思ふこともなく侍《はべ》る」とされる月の都の人であり、「王とおぼしき人」が「飛ぶ車」で迎えに来る貴種である。彼女が月において「罪をつくり」、そのため罪の配所として「穢《きたな》き所」である地上へと流される。その結果、竹の中に小さ子＝異人として誕生したカグヤヒメは翁夫婦からの歓待を受け、その返礼として彼らを裕福にし、五人の求婚者を退け、帝を残してやがて遙かなる月へと回帰する。つまりこの物語全体が《貴種流離譚》の流れに沿って語られてゆくのである。さて従来『竹取物語』に影響を与えたとされる、竹野の郡奈具の社の天女の話。折口信夫が、

神となる為には、一旦此世を身罷《みまか》つて転生するか、直に神として昇天するかの二つの、どちらかを選ぶ訣なのだ。(15)

と、カグヤヒメと天女とを《貴種流離譚》の一つのものとして説いて以来、両者の《貴種流離譚》は共通するように思われがちである。確かに二つの物語の彼方に、原型としての天女譚を想定することは可能である。しかしこと《貴種流離譚》に関しては、『竹取物語』がこの天女譚を取り込んだ可能性はない。天女の地上降臨はあくまで水浴であって、罪の犯しではないのだから……。したがってカグヤヒメが月で罪を犯して地上へという設定にするためには、他の《貴種流離譚》――たとえば天上で罪を犯し地上に追放されたスサノヲの話――などを参考にするしかない。つまり『竹取物語』は《貴種流離譚》の形を十分に理解した上で、天女譚の中に新たにそれを取り込んだと考えられるのである。

そう考えると、スサノヲやヤマトタケルを《貴種流離譚》の主人公とすることで、短歌や連歌という文学の新しい形が生まれたように、カグヤヒメを《貴種流離譚》の主人公とすることによって、《物語》という新たな文学的言説を発生させることができた、ということになる。

そしてその発生を可能にしたのは、これまでの例から言えば、《異人歓待》の結果としての

《創造主》としての性格と、自らを追放・排斥した者を打倒する力の発現であった。それは『竹取物語』も変わらない。

先ず《創造主》ということでみると、これまでの例のようにカグヤヒメの口から直接《物語》が語り出されるわけではない。だがその性格は《異人歓待》の後に語られる求婚譚、及び富士山の地名起源譚に反映していると思われる。というのも、求婚譚は「よばひ」の語源譚から始まる。

世界の男、貴《あて》なるも賤しきも、このかぐや姫を、得てしがな、見てしがなと、音に聞きめでて惑ふ。そのあたりの垣にも、家の門にも、をる人だにたはやすく見るまじきものを、夜は安く寝《い》も寝《ね》ず、闇の夜に出《い》でても穴をくじり、垣間見惑ひあへり。さる時よりなむ、**よばひ**とは言ひける。

以下これに続く五人の求婚者たちの話も、「恥（鉢）を捨つ」・「たまさかる（不明）」・「あへ（阿部）なし」・「あな耐へ（食べ）がた」・「甲斐（貝）あり」と、必ず語源譚が付属している。これら言語遊戯が、「この物語にとって不可欠のものであった[16]」ことは言を俟《ま》たない。問題は、その言語遊戯が新しい言葉を創り出す語源譚として表れていることの理由であろう。

ヤマトタケルの場合は東征の過程で「焼津・東」と、流離の過程で「当芸野・杖衝坂・三重」と地名起源譚を成立させていた。ところが『竹取物語』は《貴種流離譚》を取り込んだにもかかわらず、月から地上への流離・漂泊の過程を描かない。その描写不可能な流離の代わりに、この求婚譚が置かれたと考えられないだろうか。つまり流離しないカグヤヒメの場合は地名を創り出す代わりに、求婚にまつわる新語を創造し語源譚を成立させたのである、と。

語源譚は現実にすでに存在する言葉に、表現の世界（＝物語）の中だけで通用する新たな意味を与える行為であり、それは言葉の世界《フィクション》をそれだけで自律させる営みであった。したがって話末の語源譚に向かって進んでゆく五人の求婚者の姿を伝える叙述が、あるいは物語の最後に置かれた「富士山」の地名起源に向かって進んでゆく帝との関係を語る叙述が、《説話》から《物語》の発生を促し、その展開を支えたのであった。

さらに、自らを追放・排斥した者を打倒する力の発現、という面からも考えてみたい。カグヤヒメが月で犯した罪。その内実は語られないものの、月の都の「王とおぼしき人」を巡る確執の中でカグヤヒメに着せられたものであることは、他の《貴種流離譚》により明らかであろう。スケープゴートとして地球に放逐されたカグヤヒメは、「罪の限り果て」て、「天の羽衣」

に包まれ月へと回帰する。だが彼女にその罪を負わせた敵対者については言及されない。《貴種流離譚》に内在する、無実の主人公を追放・排斥した権力者を悪として撃《う》つ力。その力が行き場を失い、《物語》という新しい文学的言説となって発現した、ということになるのだが、ここではそれをもっと具体的に捉えたい。

つまり、その撃つ力は五人の求婚者へと方向を変え落ちていった、ということである。右大臣阿部御主人《みうし》・大納言大伴御行《みゆき》・中納言石上麿足《いそのかみのまろたり》という高位の貴族三人と、庫持《くらもち》の皇子・石作《いしづくり》の皇子という皇族二人。しかも貴族三人は文武朝期に実在した人物名を持つため、皇子二人も同時代の藤原不比等《ふひと》と丹比嶋真人《たじひのしままひと》に比定されている。皇子二人の正体の成否はともかくも、実在の貴族名が使用されているのは確かであり、しかも彼らが愚かな失敗を繰り返し嘲笑されるのである。実在した政治家を笑い者にするということは、作者の置かれた現実の政治への批判以外の何物でもないだろう。『竹取物語』の成立した時代は、藤原氏（北家）による摂関政治が開始され進展してゆく時期と重なってゆく。したがってすでに言われてきたように、その政権が胚胎する悪を攻撃するものとして、求婚者五人への批判・諷刺はあった。すなわち作者の抱いた現実の政治への批判、それを言葉による表現として可能にしたのが《貴種流離譚》であり、そこに《貴種流離譚》を取り込んで作品をなす理由があったのだろう。

こうして《物語》という新しい文学の形が発生したのであるが、その結果『竹取物語』が獲得したものは、人間の宿命に注がれる眼差しであった。

月へと帰るカグヤヒメは、

今はとて天の羽衣着るをりぞ　君をあはれと思ひいでける

と帝への愛を自覚する。だがそれは天の羽衣を着る直前であり、愛というものが一瞬でしかないことを我々に告げる。それにもかかわらず、地上に残された帝は、

逢ふこともなみだに浮かぶわが身には　死なぬ薬もなににかはせむ

とカグヤヒメへの愛を抱き、不死の薬を燃やしてしまう。その結果この物語は——愛さなければならない・死ななければならない——という人間に与えられた宿命を明らかにして幕を閉じるのであった。

その７　歌物語の発生――『伊勢物語』――

折口信夫が、「貴種流離譚の断続した絵模様を繋いで大成したやうなもの[17]」と述べているように、『伊勢物語』は巻頭の各段に《貴種流離譚》を散りばめている。先ず第２段において、主人公の「昔、男」が在原業平の歌を詠むことによって、平城天皇の孫という貴種であることが告げられて、《反乱を起こした王》の陰影が主人公に被さってゆく。そして続く第３段「ひじき藻」でその罪が明らかにされる。

昔、男ありけり。懸想じける女のもとに、ひじき藻といふものをやるとて、
思ひあらばむぐらの宿に寝もしなむ　ひじきものには袖をしつつも
二条の后（高子）の、まだ帝（清和）にも仕うまつりたまはで、ただ人にておはしましける時のことなり。

以下同様の注記が第４・５段と続き、著名な第６段「芥河」でも、盗み出した女が鬼に喰わ

れた衝撃的な物語の後に、

これは二条の后の、いとこの女御の御もとに、仕うまつるやうにてゐたまへりけるを、かたちのいとめでたくおはしければ、盗みて負ひていでたりけるを、御兄、堀河の大臣（藤原基経）、太郎国経の大納言、まだ下﨟《げらふ》にて、内裏《うち》へ参りたまふに、いみじう泣く人あるを聞きつけて、とどめて取り返したまうてけり。それをかく鬼とはいふなりけり。まだいと若うて、后のただにおはしける時とや。

と、前半の物語世界を侵食する形で注が施される。こうして入内予定の女性との関係という罪が明らかにされるが、これまでの例からすると、《貴種流離譚》の主人公の罪は無実であった。したがって「后のただにおはしける時」と繰り返すのも、彼の罪が実際の罪というよりも、摂関体制を確立しようとする藤原良房・基経の思惑を妨げるものとしてあることを示しているだろう。

いずれにせよその罪を犯した結果、主人公の東国への流離が始まる。

昔、男ありけり。京にありわびてあづまに行きけるに、伊勢・尾張のあはひの海づらを行くに、浪のいと白く立つを見て、

いとどしく過ぎゆく方の恋しきに　うらやましくもかへる浪かな

となむよめりける。

（第7段「かへる浪」）

それは「東下り」の段を頂点にして、第15段まで継承される。そして「あてなる人」と娘を結婚させようとする第10段や、「京の人はめづらかにやおぼえけむ、せつに思へる心」の女との関係を描く第14段が、《異人歓待》に相当するとみることができるだろう。ただしその歓待に対して主人公が《神》の姿を見せ返礼することはない。かろうじて八橋の記述に地名起源譚の痕跡をみることができるだけである。

さらに《貴種流離譚》が有する、自らを追放した者を撃つ力の存在であるが、「おほきおとど（藤原良房）の栄華のさかりみまそがりて、藤氏のことに栄ゆるを思ひて」歌を詠む「あやしき藤の花」の段、及び良房によって皇位に即けなかった惟喬《これたか》親王と親交を伝える「渚の院」他の諸段に、政権を握る藤原氏への批判を読み取ることができるだろう。『伊勢物語』作者の置かれた現実は『竹取物語』作者と同様であり、そこにこそこの物語を創造する意義があった

のである。

こうして『伊勢物語』もまた《貴種流離譚》を内部に抱え込むことによって、歌物語という新しい形式の文学作品をなしているのである。政権争いに敗れた者へ、《中心》から《辺境》へ追われた者へと、歌が引き寄せられる状況はすでに確認した。その歌に代わって、歌物語が主人公のもとへと引き寄せられたとみれば、『伊勢物語』成立の状況は明らかだろう。『伊勢物語』の成立が一人の作者による一回限りのものではないとして、原『伊勢物語』とか、一次本・二次本とかが想定されている。しかしそれはこの作品の成立状況への誤解であり、増補の痕跡こそがこの物語の命である。

これまでみてきたように新しい文学的言説が発生するためには、絶対に《貴種流離譚》が必要であった。したがって『伊勢物語』においても、《貴種流離譚》であることを示す注記あってはじめて、作品として成立し得たのである。それは取りも直さず、その注記が後の補注などではなく、最初から作品に存在したことを意味する。つまり「昔、男」が政権の中心に回帰できない、挫折した《貴種流離譚》の主人公であることによって、次々と歌物語を引き寄せることができたのである。

そうして失意の主人公は、《自らの思いと現実の世界とのズレ》を前にして、その自己と世界との間隙を埋めようとして、次々と歌を詠むのであった。

おわりに

以上短歌・連歌・作り物語・歌物語という、四つのジャンルの文学作品の発生について考えてきたが、《貴種流離譚》こそがその発生の原動力であり、エネルギーの源であった。《穀物神》あるいは《始原の王》としての貌《かお》を持って、正統な王として即位する物語、《貴種流離譚》。しかし、その主人公が正統な王として即位できないとき、自らの敵に向かうはずだった撃つ力が文学的言説を発生させ、しかもその言説が現実の政治を糾弾してゆくのであった。政治と無縁な今日の文学的状況に比して、出発点としての《文学》は政治との緊張関係をなして、政治権力のあり方を問い、その非道さを撃つという方向性を持って発生したのであった。

注

（1）本文は、岩波日本古典文学大系『連歌論集』による。

（2）『折口信夫全集』第4巻「声楽と文学と」（中央公論社　1995年5月）。尚、ひらがなのルビは読みの便宜を図って、私意に付した。以下の同全集からの引用も同様である。

（3）『折口信夫全集』第1巻（中央公論社　1995年1月）

（4）注（2）「国文学の発生（第四稿）」。傍線とカタカナルビ、及び「曾《かつ》て」は原文のままである。

（5）注（2）と同じ。

（6）この説話に関しては、拙書『説話文学の方法』第3章「《歩く》ものたちの《物語》」（新典社　2014年2月）において詳述した。

（7）赤坂憲雄『境界の発生』「杖と境界をめぐる風景／標の梲」（砂子屋書房　1989年4月）

（8）山口昌男『天皇制の文化人類学』「天皇制の深層構造」（立風書房　1989年3月）

（9）赤坂憲雄が貴種流離譚と王権の争いとの関連を、次のように説くのを参考にした。

「なぜ、王権のもっとも中心部にある者がスケープ・ゴートに択ばれるのか。王子の追放が王権の維持と強化のためになされることはあきらかであるが、それはまた、冷酷な政治的ダイナミズムにつらぬかれてもいる。天皇は（俗）なる世界にたいしては、自分の分身を罪＝穢れの形代として追放せねばならない立場にあるとともに、政治空間のなかにおいては、王たる地位を奪おうとする者に対処する必要にせまられている。そこから、王位を狙える近親者のなかから生け贄を択びだし、それにあらゆる悪や罪＝穢れを負わせて辺境の地へ祀りすてる、という政治のメカニズムがたぐり寄せられることになる。」（『異人論序説』砂子屋書房　1985年12月）

（10）「鬼有りて大笠を著て」（『日本書紀』斉明天皇）。「蓑虫、いとあはれなり。鬼の生みたりければ」（『枕草子』「虫は」の段）とあるように、笠蓑姿は鬼の姿である。または辻村健治は「蓑笠姿が、伝承においては賤形を象徴することは疑いを容れない」（廣川勝美『伝承の神話学』人文書院 1984年10月）とする。

（11）岡野弘彦はこのスサノヲの歌に関して、「歌は彼ら猛烈なスケープゴートの口から怨念の呪詛として吐き出されるはずのものであるが、伝承の上では実は、鎮まりがたい怨念の最後の鎮めの場においてつぶやかれる言葉としての役割を与えられている。（中略）本来鎮まりがたい心に、ある諦めのしずまりの息ざしをただよわせて歌い鎮めようとしている。歌のエネルギーは、反逆者の心の鎮めの側に耆されているのである」（佐佐木幸綱『万葉へ』ユリイカ 1976年10月）とする。短歌の発生だけを考えると、そのまま首肯したくなる好論であるが、貴種流離譚と物語との関係も視野に入れると、「反逆者の心の鎮め」だけでは説明しきれないと考える。

（12）新潮日本古典集成『古事記』頭注（1979年６月）。

（13）オトタチバナヒメを「后」と呼んでいることに注目したい。彼女が后であるなら、ヤマトタケルは天皇であり、貴種流離譚に伴い現れた姿である。

（14）注（12）と同じ。

（15）注（２）と同じ。

（16）新潮日本古典集成『竹取物語』解説（1979年５月）。

（17）注（２）と同じ。

第4章　蛇考

第1節　蛇との婚姻

はじめに

奥泉光の小説『蛇を殺す夜』において、突然の不能《インポテンツ》に襲われた主人公の兼城寺光彦は、自分の周囲を揺曳する蛇の影に対して、次のように自問する[1]。

> 文化の基底に横たわる蛇。インドのナーガ神、中国の伏犠《ふくぎ》と女媧《じょか》、メキシコならクルルカン、ギリシアならガイアの末の息子、龍であるテュポーエウス。あらゆるところに蛇は棲み、豊かな意味を発散する。ときにそれは聖書の蛇の奸智《かんち》であり、グノーシスの智慧《ちえ》であり、大地の豊穣であり、ときに洪水や雨の恐怖と恵みであり、病を癒《いや》し誕生を導き、死者を再生する。あるいは太陽であり、天であり、神秘の山でもある。そして何より蛇は原初のウロボロス、文化以前の混沌である。人間の心のなかにも、意識生成以前の未明の象徴として、最も深い場所にそれはある。

この発言は、蛇が有する多様で豊饒な意味の世界を簡潔に示してくれている。特に「文化以前の混沌」という言葉は、小島瓔禮編著『蛇の宇宙誌』に倣ったのであろうか。小島自身、ミッシェル・エリアーデの言葉――「蛇はカオス、形なき、あらわにされざるものを象徴する」(2)――を引用しながら、

蛇はカオス、形なきものを象徴する。蛇を統御することは形なきものから形あるものへと転移する創造のわざである。形あるものとはコスモスであり秩序である。すなわちカオス（混沌）を自然とし、蛇の世界であるとすれば、コスモス（秩序）は文化であり、人間の世界である。

と述べている。(3)

カオスを象徴する蛇。それを具体的に捉えるには、マムシが突如として家の中に出現した事態を想像すれば良いだろうか。恐怖と混乱のあまりにパニックに陥って、まさに無秩序状態が現出することだろう。

このカオスとしての蛇、それを出発点として以下の考察を進めてゆくことにしよう。

その1　カオスとしての蛇

この蛇が有する渾沌《カオス》を物語として言説化しているのが、人と蛇との婚姻を伝える《蛇婿入り譚》であると思われる。《蛇婿入り譚》は、神話・説話・昔話などさまざまな形で存在しているが、そこでは蛇が正体不明の男、すなわち「あらわにされざるもの」として娘の許に通ってくるのである。

その場面を著名な三輪山伝説（『古事記』崇神天皇）から挙げてみよう。

活玉依毘売《いくたまよりびめ》、其の容姿《かたち》端正《きらぎら》し。是に、壮夫《をとこ》有り。其の形姿《かたち》・威儀《よそほひ》、時に比無《たぐひ》し。夜半の時に儵忽《たちま》ちに到来《きた》りぬ。故、相感《め》でて、共に婚《あ》ひ供に住める間に、未《いま》だ幾ばくの時も経ぬに、其の美人《をとめ》、妊身《はら》みき。爾《しか》くして、父母、其の妊身める事を怪しびて、其の女《むすめ》を問ひて曰《い》ひしく、「汝は、自ら妊めり。夫無きに、何の由にか妊身める」といひき。答へて曰ひしく、「麗美《うるは》しき壮夫有り。其の姓・名を知らず。夕毎に到来《きた》りて、供に住める間に、自然《おのづか》ら懐妊めり」といひき。

この場面は苧環型《おだまきがた》と称ばれる蛇婿入り昔話（以下苧環型昔話とする）も同様であり、蛇は未婚の処女を犯すものとして現れ、しかも彼女達を即座に妊娠させるのである。ただし、この三輪山伝説においては蛇という言葉は全く登場しない。その代わりに男の正体を確かめようと「赤き土を以て床の前に散らし」たところ、男は足跡も残さず自在に姿を変え「戸の鉤穴《かぎ》より控《ひ》き通りて出で」と表現されている。これは「丹塗り矢」ともなるオホモノヌシノ神の属性を示して、彼が「形なき、あらわにされざるもの」、すなわち蛇身であることを暗示しているのである。(4)

その一方で三輪山伝説とは逆に、蛇が蛇のまま登場して直接少女を犯す話もある。

河内国更荒郡《ささらのこほり》馬甘《うまかひ》の里に、富める家有りき。家に女子《をみな》有りき。大炊《おほひ》の天皇《すめらみこと》の世の天平宝字の三年己亥《つちのとゐ》の夏四月に、其の女子、桑に登りて葉を揃《こ》きき。時に大きなる蛇《み》有り。女の登れる桑に纏《まつは》りて登る。路を往く人、見て嬢《をみな》に示す。嬢、見て驚き落《お》つ。蛇また副《そ》ひて堕《お》ち、纏りて婚《くながひ》し、慌《ほ》れ迷《まど》ひて臥しつ。

（『日本霊異記』中巻第41縁）

この説話では、直接的な性交渉など不可能なはずの少女と蛇が「纏りて婚ひ」、全く離れようとはしない。そこで急遽薬師による治療が施される。だが、驚くべきことに少女はすでに蛇の子を宿しているのである。

こうして《蛇婿入り譚》においては、未婚の乙女達が正体不明の男（＝蛇）と交わって、瞬く間に妊娠してしまうのである。そこに男根（＝生殖力）の象徴をみることは可能である。また「一夜孕み」・「一宿妊み」との関連から、本来は結ばれることのない、世界を異にする男女が関係した徴《しる》しとみることもできる。(5) だがそれ以前に、即座の妊娠が《蛇婿入り譚》に集中して現れているという事実は、人間の側へと侵犯する蛇を象徴しているとみるべきではないだろうか。

そのことを明確に告げているのは、苧環型昔話における蛇の発言である。(6)

「んな、そんげんいうたっていいよし、おら、子を残してきたすけいに、心配ねいよし。そんげにお前なんてに意見しらいることもねい。おらだっても、もう、子供残してきたすけいに心配いらねい」

――自分は死んでも、子供を残してきたから大丈夫――とする蛇の発言は、彼の目的が処女姦淫ではなく、自らの種を人間の中に残すことであることを告げている。それは言い換えれば、蛇による人類への侵略であり、それこそが蛇の有するカオスをフィクションとして言説化したものである。

したがって、もしも蛇の子供が誕生した場合は、そのカオスが顕在化することになる。それを示すのが晡時臥《くれふし》山の伝説（『常陸国風土記』）であろう(7)。

この地にヌカビコ・ヌカヒメという兄妹がいて、ヌカヒメの許に男が日暮れとともに忍び来て臥した結果、彼女は「一夕《ひとよ》に懐妊《はら》めり」と異常な懐妊をし、そして「産むべき月に至り、終に小さき蛇」を生むのである。その蛇の子を養育しかねたヌカヒメが父親のもとへ行くように勧めると、蛇の子は一応納得したものの、連れ立つ仲間の子供が手に入らず、

　爰《ここ》に、子、恨みを含みて、事吐《ものい》はず。決別《わか》るる時に臨みて、怒怨《いかり》に勝《た》へずて、伯父を震《う》り殺して天に昇りき。

と、伯父ヌカビコを殺害してしまうのである。動機が不明なまま、怒りに任せて伯父を殺害するという蛇の子の行為が家族を崩壊させ、秩序を攪乱《こうらん》するものであることは言うまでもない。

そして、ここに登場する蛇の子の姿は、『日本書紀』が伝えるもう一つの三輪山（＝御諸山）伝説（以下この伝説を御諸山伝説とする）に登場する、オホモノヌシノ神の姿と重なってゆく。オホモノヌシノ神の妻倭《やまと》迹《と》迹《と》日《び》百《もも》襲《そ》姫《びめ》（以下モモソビメとする）は夜しか訪れ来ない夫に姿を見せてほしいと頼むと、神は「明旦に汝が櫛笥《くしげ》に入りて居む。願はくは吾が形にな驚きそ」と答える。翌朝モモソビメが「櫛笥を見れば、遂に美麗《うるは》しき小蛇」が居て、思わず叫び声を挙げてしまう。そのことで恥辱を受けたオホモノヌシノ神が「吾、還りて汝に羞《はじ》せむ」と復讐を誓い御諸山へと登ってゆくと、自らを悔いたモモソビメは「箸に陰《ほと》を撞《つ》きて」亡くなってしまうのである。

ここでオホモノヌシノ神の正体を「美麗しき小蛇」とし、しかも恨みを含んで空へと昇った結果モモソビメの死へと到る展開は、晡時臥山の伝説と酷似していることは明白である。雄略天皇の条（七年七月）では「大蛇」とされるオホモノヌシノ神がここでは「小蛇」とあるように、この伝説は蛇の子が誕生する話を基に作られたのではないかと推測したくなるほどである。[8]その是非はともかくも、「小蛇」の出現がモモソビメの死を招いたことは間違いない。特に

「箸に陰を撞きて」亡くなる姿は、丹塗り矢となったオホモノヌシノ神に「ほとを突」かれた勢夜陀多良比売《せやだたらひめ》のパロディであろう。オホモノヌシノ神に「見感《みめ》で」られたセヤダタラヒメに対して、自ら陰部に箸を突き立てる姿はモモソビメがオホモノヌシノ神の愛を喪ったことを意味し、「汝に羞《はじ》せむ」というオホモノヌシノ神の誓い通りに女としての恥に塗れた死に方であった。つまり、この二話において「小蛇」の出現（＝蛇の子の誕生）は、人間の側に異常な死、すなわちカオスをもたらすものとして描かれている、ということである。

そして、そのカオスに対して人間がどう対処するのか、言い換えれば、どう秩序を回復してゆくのかが問われることになる。

晡時臥山の伝説の場合は、兄を殺した蛇の子にヌカヒメが盆《いらか》を投げることで蛇の子は昇天できないまま、神として晡時臥山に祀られることになる。だが、この話の蛇は正体が明かされることなく、代わりにその子供が不充分に退治され不充分に祀られてと、半神半蛇という曖昧な形を残して終わっているのである。(9)

それはカオスに対抗する人間の措置が不適切であったとも言えるのだが、それでは苧環型昔話と三輪山伝説は蛇に対してどのような策を講じたであろうか。

先ず三輪山伝説では、

是を以て、其の父母、其の人を知らむと欲《おも》ひて、其の女に誨《をし》へて曰ひしく、「赤き土を以て床の前に散し、へその紡麻《*うみを》を以て針に貫き、其の衣の襴《すそ》に刺せ」といひき。

＊糸巻きに巻いた麻糸

とあり、同様に苧環型昔話でも娘は親の言う通りに男の着物の裾に縫い針を刺すのである。そこで、この針を刺すという行為に着目して、その描かれ方を考えてみたい。

その2　針の有無

三輪山伝説においてイクタマヨリビメが男の着物の裾に針を刺すと、「針に著けたる麻は、戸の鉤穴より控《ひ》き通りて出で、唯に遺れる麻は、三勾《みわ》のみ」であった。そこでその糸に従い尋ねて行くと三輪山へと到るのである。

一方苧環型昔話では娘が同様に男の着物の裾に針を刺すと、

そん時、その縫物針刺したら、なんだかこったい声出してない、キャーッていぅたってや。
そうして、思いさもねい、飛び出して逃げて行ったってや。（中略）
ほうして、次の朝げんなって、起きて、門い出てみたらない、血を垂らし行ったってや。
そうして、その血い垂らし行ったがの通うて行って、ほして、行ってみたら、ごうぎの洞穴ん中い入って、オン、オン、っていって、唸っていたってや。

と、縫い針が刺さり苦しむ蛇の姿が明らかにされるのである。そしてこの後、子供を残してきたから大丈夫だといぅ蛇の発言（その１に掲載）と、蛇の子の処置の仕方とを立ち聴き、蛇の子の堕胎へと話は展開してゆくのである。

ただし、ここに挙げた昔話では刺した針から滴る血の跡を辿って、女は蛇の住む洞窟へと到る。だが、『日本昔話大成』が苧環型昔話に挙げている百四十八話の例話をみると、糸を辿るというパターンが多数を占めている。したがって、苧環型昔話も三輪山伝説同様に針を刺し糸を辿るという形が本来であったと思われる。だが問題は、苧環型昔話に登場する針は三輪山伝説とは異なり、蛇を刺し死に到らしめるという点である。

針が蛇を倒す武器として使われるのは、もう一つの蛇婿入り昔話である水乞《みずこい》型昔話においても同様である。この話では田の水を求めた父親の約束によって蛇の嫁となることになった三番目の娘は瓢箪《ひょうたん》の口に綿を詰め、その中に針を仕込んで水に浮かべる。彼女の要求に従い瓢箪を沈めようとした蛇は飛び出した針に刺されて死ぬのである。

また『古今著聞集』においても、垂木《たるき》にまとわりついていた大蛇が下に寝ていた下女を襲おうとするものの、彼女の「かたびらの胸に大きなる針を差したりけるが、きらきらと見え」たのを恐れて、落ちかかることができなかったと伝える。寝ていた下女が「美しき男の来て、我を懸想しつる」と夢見ていたのは、この話も《蛇婿入り譚》の一つであることを告げている。(10)

さらに前に挙げた『日本霊異記』の馬甘の里の話では、大蛇と性交した少女に飲ませた薬に含まれていた猪の毛は、まるで針であるかのように蛇の子に突き刺さるのである。

その一方で、《蛇婿入り譚》の一つである『肥前国風土記』褶振《ひれふり》の峰の伝説をみると、ここには糸を結ぶための針は全く登場しない。(11)この話の主人公弟日姫子《おとひひめこ》は夫の大伴狭手彦《おおとものさでひこ》が任那《みまな》へと旅立った後、自分の許に通って来る、夫とよく似た男の正体を確かめるために、「窃《ひそ》かに続麻《うみを》を用ちてその人の襴《すそ》に繫《か》け」る。そして、その「麻の随《まにま》に尋《と》め往《ゆ》きて」、峰の沼に寝ていた蛇頭人身の男によって沼へと曳き込まれてしまうのである。この伝説にはカオスとしての蛇の子の懐妊は語られない。しかも弟日姫子は蛇に曳き込まれて死んだというよりも、その名からも窺えるように水神（蛇）に仕える水界の女性（＝乙姫）の面影を見せて、彼の許へ戻ったと解釈することさえ可能である。[12] したがって、ここでは蛇を倒す武器としての針には全く触れる必要がなかったと考えられる。

それは苧環型昔話においても同様であり、蛇とともに水の世界へと旅立ったことを伝える場合には、糸は登場するものの針は用いられないのである。[13] さらに言えば、晡時臥山の伝説や御諸山の伝説には針が用いられなかったからこそ、人が死ぬことになったとも言えるのである。

こうして《蛇婿入り譚》における針と糸の描かれ方をみると、糸が男の正体を明らかにする役割が与えられているのに対して、針は人間対蛇の闘いにおける武器として、敵である蛇を倒すものとして用いられていることがわかる。

しかし、三輪山伝説における針には苧環型昔話のような役割はない。

そこで柳田國男は両者の違いを次のように説いた。[14]

全体に我々の祖先が水の神に対して、曾《かつ》て抱《いだ》いて居た信頼と感謝の念は、可なり早くから薄れ又衰へつゝあつたのである。（中略）それ故に以前は沼湖の底深く、隠れて人間の幸福を支配する神霊の存在を想像し、是に奉仕し又外戚の親を結ぶことを、家の誇りとする迄《まで》の伝説を生じたものが、後には苧環の糸の末に針を附けて、其鉄気の毒を以て相手の身を傷《そこの》うたことを説き、乃至《ないし》は秘密の立聴きにより、又は保護者の智謀によつて、稀有の婚姻を全然無効のものにしたなどゝ説くに至つたのである。

つまり、針が蛇を倒すものとなったのは、蛇（＝水の神）に対する信仰の衰退や感情の変化が原因であるとしたのである。その結果、古代における蛇は畏敬の対象であり、決して忌み嫌われることはなかったといった、まことしやかな説が一般化することとなったのである。

だが、柳田は三輪山伝説に針が登場する理由については何も述べてはいない。もし水の神（オホモノヌシノ神）が「信頼と感謝の念」の対象であるのなら、「其鉄気の毒を以て相手の身を傷うた」針には全く触れる必要がないこととなる。特にオホモノヌシノ神とイクタマヨリビメ（＝生く霊依り姫）には、水の神とその生霊を憑依させる巫女という、親密な共存関係が顕著である。しかもイクタマヨリビメという名称は、「八尋《ひろ》わにと化《な》りて、委蛇《もごよ》ひき」とされるトヨタマビメの妹タマヨリビメへと、また可茂の別雷神《わけのいかづちのかみ》を産んだタマヨリビメへと繋がってゆき、イクタマヨリビメ自身も水の世界の住人（蛇）としての面影を濃密に漂わせているのである。したがって、三輪山伝説も褶振の峰の伝説のように針を持ち出さなくても良かったはずである。

それにもかかわらず、三輪山伝説には「へその紡麻《うみを》を以て針に貫き」と針が登場しているため、たとえば佐竹昭廣が、

針は元來附いて居たものか頗る、疑わしいのであつて、これを除外した苧環の糸のみが、三輪山式傳説には地名ミワに附會される遙か以前より存續し來つたと考うべきである。上代の例に徴しても、肥前風土記の例、新撰姓氏録の例何れも針を缺くし、その他現在の昔話にも針を伴わない例の少くないことは注意せられて良い。古事記の場合に現れる針なども、蛇を刺すものではなく、單に衣裾に糸をとりつける手段としてのみ受取られねばならない。(15)

と述べたように、いささか強引な説明が繰り返されてきたのである。

そこで問題となるのは、これらの説明が――神話は昔話に先行する――という前提のもとになされている点である。両者の前後関係について簡単に結論を出すことはできないが、その道筋《ルート》の遠近については比較ができる。

先ず三輪山伝説から苧環型昔話へのルートを考えると、三輪山伝説では男の正体を蛇とは言わないのだから、オホモノヌシノ神が蛇であるという知識が別に必要であり、『日本書紀』が伝えていたオホモノヌシノ神の正体が蛇である話などを両者の間に置かなければならない。[16]そうして創作されたのが『俊頼髄脳』が伝えている三輪山伝説であるが……。そして、そこから祀られるべき神であった蛇をただの蛇にし、さらにその蛇を退治し蛇の子を堕胎する内容へと変えることで、やっと苧環型昔話ができあがるのである。

その一方苧環型昔話から三輪山伝説へのルートは、ただの蛇の話であったものを特定の神の話へと変えるのに合せて、蛇を退治する後半の話を全て削除するだけでできあがるのである。

もちろん道筋の遠近がそのまま前後関係を決めるわけではない。がしかし、三輪山伝説の針は苧環型昔話を基に改変したときの名残である可能性も残されているのであり、両話の前後関係については今後もっと検討されてしかるべきだろう。

ただし、ここでその可能性を追究しようというのではない。その可能性を念頭に置いた上で、三輪山伝説の針それ自体の役割を明らかにしたいと考えるからである。その問題については、その3において論じることにしよう。

その３　針とカオス

針が《蛇婿入り譚》に登場する理由に関しては、「蛇は鉄の毒（金気）を嫌う」といった俗信レベルでの理解が一般的であった。そこで全く別の角度から針を眺めてみたいのだが、そのために再び御諸山伝説（『紀』崇神天皇）を確認する。

この話の中でモモソビメは、オホモノヌシノ神の正体である「美麗しき小蛇」を櫛笥の中に見いだした。ということは、櫛笥（小箱）は蛇の正体を確かめる道具として使われたということであり、それは三輪山伝説での針と糸の役割に相当することになる。

その小箱と針に関して、『宇治拾遺物語』が次のような象徴的な話を載せている。(17)

西インドに住む「知恵甚深」たる竜樹の許に、中部インドに住む提婆《だいば》が訪ねる。竜樹が小箱に水を入れて差し出すと、提婆は襟から針を取り出しその水に入れる。その訳を弟子から問われた竜樹は、

　水を与へつるは、我が知恵は小箱の内の水の如し。しかるに汝、万里をしのぎて来る。知

恵を浮かべよとて、水を与へつるなり。上人《しやうにん》、空に御心を知りて、針を水に入れて返す事は、我が針ばかりの知恵を以て、汝が大海の底を極めむとなり。

と説明する。

竜樹が出した小箱（の水）も提婆が浮かべた針も、ともにその知恵がわずかであると謙遜するための小道具である。だが、弟子たちには理解できない謎であったために、逆に二人の知恵が「甚だ深き」ことを告げる道具となっている。つまり、この話における針も小箱も知恵の象徴として、相手の正体（＝知恵の浅深）を確かめるために使われているのである。その意味では三輪山伝説の針も御諸山伝説の小箱も、同様に相手の正体を確かめるための知を象徴している。だが、小箱の中に「小蛇」を見たモモソビメの知は好奇心であり、衣の裾に針を刺したイクタマヨリビメの知は知恵であった。二人の生死の明暗を分けた、この知の在り様に針の特別な意味が潜んでいるだろう。

それを明らかにするのが、次に挙げる著名な渾沌に関する逸話である。(18)

南海の帝を儵《しゆく》と為《よ》び、北海の帝を忽《こつ》と為び、中央の帝を渾沌と為ぶ。儵と忽と、ある時相与に渾沌の地に遇《めぐ》りあえり。渾沌の之を待《もてな》すこと甚だ善し。儵と忽と、渾沌の徳《めぐ》みに報いんことを謀りて曰わく、「人は皆七つの竅《あな》有りて、以て視、聴き、食い、息するに、此れ独り有ること無し。嘗《こころ》試みに之を鑿《うが》たん。」と。日ごとに一つの竅を鑿ちしが、七日にして渾沌死せり。

(『荘子』「応帝王」篇)

三輪山伝説において、男は「夜半の時に儵忽ちに到来り」てイクタマヨリビメと交わるのだが、両話の内容には直接の関連はない。この渾沌の寓話自体は、「人間のさかしら、作為と分別が、真の存在、すなわち一切存在の生々潑剌たる自然の営みを窒息させ死滅させるおろかさを風刺」したものとされている(19)。

人間の浅はかな知恵が大切なものを失わせるというこの話の真意はさておき、ここで渾沌を死滅させるのに「竅《あな》が鑿《うが》た」れている点に注目したい。未分化で無秩序であった渾沌に穴を開けるという行為は、渾沌を区別・差異化して秩序を与える行為であり、「七つの竅《なな》《あな》」によって渾沌が人の形となった瞬間、渾沌は消滅するのである。この区別する形を持たない渾沌に、頭・首・胴・手足の区別のない蛇を重ねることは容易であろう。そして、その渾沌に穴を開けた道具についても、「針」を想定することに問題はないであろう。その結果これまでみてきた蛇と針との関係が、この寓話を通して明らかになるのである。つまり、渾沌《カオス》としての蛇に対抗する手段としての針は――事物を分別する人の知恵の働きを意味し、渾沌の存在自体を消滅させる――ものであったのだ。

特に蛇神であるオホモノヌシノ神は、「疫病多《あま》た起こりて、人民尽きむと為き」（『記』）・「民死亡者有りて、且大半《なかばす》ぎなむとす」（『紀』）と、疫病を蔓延させ人口の過半数以上を殺す、カオスを招来する悪神として描き出されている。この「国の治らざる」国家としての危機的な状況は、必然的に国家誕生以前の始原の時と重なってゆく。それがオホクニヌシノ神が国作りをする際に、オホモノヌシノ神が「海を光《てら》して寄り来」る理由である。その際オホモノヌシノ神が、「能《よ》く我が前を治めば、吾、能く共与《とも》に相作り成さむ。若《も》し然らずは、国、成ること難し」（『記』）と述べているように、オホモノヌシノ神の存在自体が「国、成る」以前を表すがゆえに、この場面に彼が登場しているのである。

こうして災厄《カオス》をもたらす神であるから蛇身《カオス》とされたのか、蛇身であるゆえ災厄をもたらす神とされたのかは不明であるが、いずれにせよ、オホモノヌシノ神がカオスを招来する神、ひいてはカオスそのものであることは間違いない。

そして、そのカオスを免れるためには、「能く我が前を治めば」とオホモノヌシノ神自身が発言しているように、その祭祀の必要性が何度も繰り返されるのである。そこで祭主として登場してくるのがオホタタネコであり、彼女が祭主（神の子）[20]であることを保証するのが三輪山伝説であった。

三輪山伝説は、「此の意富《おほ》多々泥古《たたねこ》と謂ふ人を、神の子と知りし所以は」と始まり、「糸に従ひて尋ね行けば、美和山に至りて、神の社に留まりき。故、其の神の子と知りき」と結ぶ。本来男の衣の裾に結んだ糸に従い尋ねた先が大神神社であるなら、「故、其のオホモノヌシノ神と知りき」などと、その正体こそが知らされなければならない。だが、男の正体がオホモノヌシノ神であることも、彼が蛇であることも、その蛇の子櫛御方命《くしみかたのみこと》をイクタマヨリビメが産むことも一切語られることはない。ただその櫛御方命から――飯肩巣見《いひかたすみ》命――建甕槌《たけみかづち》命――意富《おほ》多々泥古《たたねこ》と四代も離れたオホタタネコが、オホモノヌシノ神の祭主であることを告げるだけである。この語られない部分、すなわちオホモノヌシノ神と知るところからその子（蛇の子）の誕生までの部分は、カオスそのものに相当する箇所である。つまり、そのカオスはイクタマヨリビメが男の裾に針を刺すことで消滅したのであり、その結果オホタタネコが登場することができたのである。これがこの伝説に針が用いられた理由である。[21]

その一方ですでに確認したように針を描かない御諸山伝説では、櫛笥の中身に驚いたモモソビメは自らを恥じ、箸により陰部を突いて死ぬという、カオスそのものの中に呑み込まれてしまったのであった。だが、モモソビメがこのような形で死ななければならなかったのは、やはりオホタタネコとの関係からである。御諸山伝説におけるオホタタネコは、「父を大物主大神と曰し、母を活玉依媛と曰す」と自己紹介しているように、明らかに蛇と人間との間に生まれた子供である。しかし、このオホタタネコは蛇の有するカオスとは全く無縁のところに居る。一方モモソビメが見た「小蛇」はまるで彼女が産んだ子供のようでもあった。つまり、本来蛇の子のオホタタネコ誕生に際して生じるカオスはモモソビメのところに顕在化したのであり、モモソビメはオホタタネコを無事に登場させるためのスケープゴートとして、オホモノヌシノ神の妻（巫女）の座を追われ死を余儀なくされたのである。

こうして『古事記』も『日本書紀』もカオス神オホモノヌシノ神の祭主として、その血を引いた子孫を当てることができたのであった。しかし、それは《神のことは神に任せろ》式の責任の転嫁に他ならない。悪疫の原因としてのオホモノヌシノ神、それを鎮める責任者としてのオホタタネコ、そして二人の陰に居る祟神天皇。それはアマテラス大御神の罪である日照りや旱魃を、「其の泣く状は、青山を枯山の如く泣き枯し、河海は悉く泣き乾しき」と無理にスサノヲの罪へとこじつけた、始原の時の政治的な作為と同質のものである。

その結果悪疫とその責任から逃れられた崇神天皇には、「此に因りて、役《え》の気《け》、悉《ことごと》く息《や》み、国家、安らけく平らけし」と、国家平安を招来した「其の御世を称へて、初国を知らす御真木《みまきの》天皇《すめらみこと》と謂《い》ふぞ」という称号が与えられるのであった。その「ハツクニシラス」という名は、始原の時に匹敵するオホモノヌシノ神のカオスを退けて、再び国を誕生させたからこそ与えられた名であった。尚、同じ称号を持つ初代神武天皇がオホモノヌシノ神の子イスケヨリヒメを娶るのは、青木周平が「成書化を契機とした伝承の結合」(22)と述べているように、人間のさかしらが招いたうわべだけの改変であった。なぜならそこでは蛇の子が誕生しているにもかかわらず、カオスに全く触れていないのだから……。

おわりに

さて三輪山伝説における針が蛇の有するカオスを消滅させる知恵の働きをしていたのに対して、苧環《おだまき》型昔話などの針は直接的な武器となって蛇を死に到らしめた。その代わりに蛇の子の懐妊というカオスに関して、人の知恵が顕在化することとなる。

人間でてや、利口のんで、五月の節供の菖蒲で湯い入れば、んな、子を残してきたなんてったって、その子がみんな下ってしもうて、んな、子を残してきたって、みんなその子が砕けてしもうんだすけい。

と、人の利口さと節供の品の効用がことさら強調され、「五月の節供てや、そういうんのいわれだって」と節供起源譚として締め括られるのである。そして、蛇に効くのは端午の節供の菖蒲と蓬だけではなく、上巳の桃の花酒や重陽の菊の花酒なども挙げられ、中には五節供を全て列挙するものもある。

こうして苧環型昔話が節供の起源譚として位置付けられたのは、節供の品が蛇除けや悪祓いになることを伝えるためではない。カオスに対する人間の知恵の勝利として、新しい始原としての時の始まり、すなわち時間的秩序としての節供が誕生したことを告げているのである。

注

（1）奥泉光『蛇を殺す夜』（集英社　1992年９月）。ルビは私意に付した。
（2）エリアーデ著・堀一郎訳『永遠回帰の神話』（未来社　1963年３月）

（3）小島瓔禮編著『蛇の宇宙誌』「はじめに」から抜粋（東京美術 1991年11月）

（4）撒かれた丹はオホモノヌシノ神の正体を暴くためでありながら、そこに足跡が残らないということは、逆に彼が丹色をしていることを示している。

（5）「一夜孕み」の他の例としてはホノニニギノ命とコノハナサクヤビメ、雄略天皇と童女君などがある。青木周平『古事記研究―歌と神話の文学的表現―』（おうふう 1994年12月）を参考にした。

（6）関敬吾『日本昔話大成』第2巻（角川書店 1978年2月）において「蛇婿入・苧環型」の例話として掲げられた新潟県栃尾市の昔話に拠る。

（7）『常陸国風土記』、那賀の郡茨城の里。

（8）本文に二重傍線を付したように、「遂に」という言葉は、哺時臥山の伝説の「終に」のように妊娠→出産という経過を経てはじめて意味をなすと思われる。

（9）尚、ヌカビコ・ヌカヒメ兄妹と蛇の子（蛇）の関係は、サホビコ・サホビメと垂仁天皇、あるいはアヂシキタカヒコネ・シタテルヒメとアマワカヒコの関係と近似する。これは水の世界と人の世界とが織り成す四角関係（水神／天皇・姉／妹）のうち、女一人対男二人の対立する関係性が現れた形であるとともに、ヒメが巫女として神を憑依させヒコの政を援けるヒメ・ヒコ制との関連も考えられる。

兄ヌカビコ（殺害される）
妹ヌカビメ
＝神（蛇）
　蛇の子

兄サホビコ（殺害される）
妹サホビメ（水の女）
＝垂仁天皇

兄アヂシキタカヒコネ（蛇？）
妹タカヒメ（シタテルヒメ）
＝天つ神アマワカヒコ（殺害される）

（10）『古今著聞集』の本文は、新潮日本古典集成（1986年12月）による。この話に登場する下女には夫が居て、簡単に蛇を退治してしまう。蛇に襲われる対象が未婚の処女から既婚の女へと変わるのが中世の特色である。

（11）『肥前国風土記』松浦の郡。弟日姫子の話に針が用いられない代わりのように、その前に位置する松浦郡の伝説では、神宮皇后が縫い針を曲げて釣り針として鮎を釣ったところから、この国の女性は縫い針で鮎を釣ると伝えている。

（12）注（9）の話型と重なってゆく。水の世界の女性に関しては、本書第6章で詳述した。

（13）『南紀土俗資料』（森彦太郎編輯　1924年3月）が伝える「御姫滝」の伝説では、夜な夜な外出する娘に対して母親が、「一計を案じ、密に長い糸を紡ぎ、一夜、娘の油断せる隙に乗じて之を娘の帯に結びつけて置いた。翌朝になって娘は帰って来ないので、母は此の糸を辿って娘の行方を訪ねたところ、恐るべし、糸の端が此の滝壺に陥ってゐる」。母が娘の姿を見たいと祈ると、龍神が彼女を乗せて出現する。つまり、この蛇（龍）も神として退治の対象ではない。
（14）『柳田國男全集』第6巻所収「桃太郎の誕生」（筑摩書房　1998年10月）。ルビは私意に付した。
（15）「蛇婿入りの源流」（「国語国文」23巻9号　1954年9月）
（16）我々は三輪山伝説が《蛇婿入り譚》だと自明のように思っているが、実は苧環型昔話の存在がそう思わせているのである。
（17）第138話「提婆菩薩竜樹菩薩の許に参る事」。尚、原拠となった『大唐西域記』では小箱ではなく、水を湛えた鉢である。
（18）福永光司『荘子』内篇（1966年4月）による。
（19）注（18）と同じ。
（20）ここでの「神の子」が祭主を意味することは、飯泉健司「三輪山伝承考—『神の子』と巫女—」（古事記研究大系8『古事記の文芸性』所収　高科書店　1993年9月）の説に従っている。
（21）三輪山伝説の類話である『新撰姓氏録』が針を描かないのは、カオスとしての「玉櫛姫」の懐妊を語らないためであると思われる。
（22）注（5）の著書。

第2節　蛇への変身

はじめに

前節において取り上げた《蛇婿入り譚》は、蛇が人間の男に変身して未婚の処女を犯し孕《はら》ませるという物語であり、蛇の有する渾沌《カオス》の言説化であった。それは蛇による人類という種への侵犯として表れ、それに対抗する手段として、針――事物を分別する人の知恵の働きを意味する――が使用され、蛇というカオスは消滅したのであった。それは自然の孕む渾沌としての悪疫・災害を、人の知恵によって駆逐し秩序《コスモス》を確保する、という物語の具象化であり、その変形が蛇を神と祀る三輪山伝説であった。

それに対して本節では前節とは逆に、人間が、特に女性が蛇に変身するという物語を取り上げ、その意味を考えてみたいと考えている。ただし人間の蛇への変身が、蛇の人間への変身の逆方向の現象である、と捉えることはできないだろう。蛇の人間への変身は、人類という種への侵犯としてあった。それに対して人の蛇への変身が、蛇類という種への侵犯としてないことは言うまでもないからだ。したがって人から蛇と変身する物語に対して、蛇（＝自然・渾沌）vs 人間（＝秩序・知恵）といった、前節で使用した対立概念を用いても説明できないことになる。この点を踏まえた上で、人間の蛇への変身について以下論じてゆくことにする。

その1　死んでから蛇へ

そこで人間が蛇へと変身する物語として最初に現れるのが、死んだ後に蛇へと転生する形である。

『日本霊異記』は中巻第38話に、次のような話を載せている（『今昔物語集』巻二十ノ24話も同話）。

聖武天皇の御世に、諾楽《なら》の京の馬庭《まには》の山寺に、ひとりの僧、常住しき。その僧命終の時に臨みて、弟子に告げていはく、「われ死なむ後は、三年に至るまで、室の戸を開くこと莫《なか》れ」といふ。しかして死にし後、七七日を経て、大きなる毒の蛇在りて、その室の戸に伏せり。弟子因《ゆゑ》を知りて、教化して室の戸を開きて見れば、銭三十貫隠し蔵《をさ》めたり。その銭を取りて誦経《ずきやう》をし、善を修し福を贈りき。誠に知る、銭に貪り隠すによりて、大きなる蛇の身を得て、返りてその銭を護りしことを。「須弥《しゅみ》の頂を見るといへども、欲の山の頂を見ること得じ」といへるは、それこれをいふなり。

『日本霊異記』は《蛇婿入り譚》と《動物報恩譚》とが合体した蟹満多《かにまた》寺縁起及びその類話（中巻第8・12話）と、前節でも取り上げた直接蛇に犯され即座に妊娠する少女の話（中巻第41話）を仏教伝来以前の、渾沌としての蛇の姿を色濃く残した話として持っていた。それに対して金銭に執着した男が死後蛇へと転生《てんしょう》するというこの話は、仏教的色彩の濃い蛇の形として新たに生まれたものと考えられる。

そこで、この蛇転生説話の成立に影響を与えたとみられるのが、『三宝絵詞』の序文が触れる王舎城の長者の話である（『宝物集』巻七にも同文）。

君見ずや、王舎城の長者の財《たから》を貯へて「我が家富めり」と楽《たのし》びしが、身終りて蛇に成りて古き家の倉を守りしを。(1)

ここにいう王舎城の長者は、「其ノ後命終ハリテ、毒蛇ノ身ヲ受ケ、還《ふたた》ビ本ノ財ヲ守ル」[2]（『撰集百縁経』巻六ノ51話）とされる、慳貪ゆえに毒蛇の身を受けた賢面長者である。また彼同様に蛇へと転生する波羅奈国の男も、愛する黄金を入れた七瓶《しちへい》を土中に埋めた後に早世して、「貪愛《どんあい》既ニ重ク転身シテ一毒蛇ト作《な》リ、金瓶《きんぺい》ヲ纏《まと》ヒ遶《めぐ》ル」（『経律異相』四十八巻）と描かれている。[3] いずれも生前に貯め込んだ財産・金銭への愛執ゆえに、死後蛇身へと転生している。したがってこのような仏典の説話を基にして、先の馬庭の山寺の僧の話も創り出されたのであろう。

そこで問題となるのが、彼が転生した「大きなる毒の蛇」である。『今昔物語集』が、「蛇ノ身ヲ受ケテ、銭ノ所ニ有リテ苦シビヲ受クル事量リ無シ」（巻十四ノ1話）としているように、蛇への転生は生前犯した罪により畜生道に堕ちて、苦を受けているともみることができる。しかし王舎城の賢面長者が、「之ニ近ヅク者有レバ、瞋恚《しんい》猛盛ニシテ、怒レル眼ニテ之ヲ視、能《よ》ク死セシム」と、自分の財産に近づく者を瞋恚（怒り）に満ちた眼力（蛇眼）で殺害したように、蛇への転生は死して後も自らの金銭を守護するという、貪欲や慳貪《けんどん》といった心の具現化の側面のほうが強いと考えられる。

そしてそのような蛇の幻像を生み出したのは、現実の蛇が人に喚起する驚異や嫌悪、そして恐怖の感情である。不気味な蛇の形状や動作が、あるいは冬眠・脱皮を繰り返す蛇の習性が、執心とか愛欲とか瞋恚といった人間心理の悪を象徴する生き物であると、またそのような心の持ち主の死後の魂の容れ物であるとの認識を生み出したのであろう。

それは「小さき蛇」へと転生した場合も同じである。先ず『日本往生極楽記』が載せる無空律師の話（『大日本国法華経験記』上巻第７話・『今昔物語集』巻十四ノ１話も同話）をみると、偶々一万銭を手に入れた無空律師は、自らの葬儀の費用に当てるために天井裏に隠していたところ、それを忘れたまま病死してしまう。その後友人藤原仲平の夢に現れた無空は、「我、伏蔵の銭貨あるをもて、度《はか》らずして蛇《くちなは》の身を受けたり」と告げ、仲平は天井裏に隠された「銭の中に一の小き蛇」を見つけるのであった。(4) 死に当たって全く失念していたように無空には金銭への執着はなく、無空の罪を問うこと自体無理がある。それにもかかわらずこのような話が創り出された背景には、実際に生じた蛇との遭遇が影響を与えていると考えられる。

無空同様に小蛇への転生を伝える六波羅蜜寺の康仙（『大日本国法華経験記』以下『法華験記』とする。上巻第37話）は、橘の木に対する「愛護の執心に由りて、蛇の形と作」り「橘の木の本に住」し、(5) また「只紅梅ニ心ヲ染メテ、此レヲ翫《もてあそ》ビ」、「他ノ心無ク此レヲ愛シ」た少女は、死後「小さき蛇の一尺許なる」蛇となって紅梅の木に纏わりつく（『今昔物語集』巻十三ノ43話）。さらに「此レハ必ズ極楽ニ生マルベキ人」と周囲から尊がられていた横川の僧は、臨終のとき酢瓶《すがめ》に思いを残したため、「瓶ノ内ニ動ク者有リ。臨キテ見レバ、五寸計ナル小蛇」となって蟠《わだかま》っている（『今昔物語集』巻二十ノ23話）。

特に「志を仏法に繫《か》けて、勤めて法華を読み、心に往生を願ひて、身に念仏を修せり」と仏道に励む康仙や、「弥《いよいよ》ヨ道心深ク染《そ》ムデ、念仏ヲ唱フル事、員副《かずそ》ヒテ緩《ゆる》ミ無シ」と一心に往生を願う横川の僧。彼らは仏教的罪を犯さないばかりか、むしろ相当数の功徳を積んでいる。そのため「微少《みせう》の罪業すら蛇道に堕ちたり、何《いか》に況や広劫の所作の罪業、浩然として際《きはまり》なきをや」（『法華験記』上巻第37話）と説明することになる。しかしそこまでして彼らの蛇転生が語られなければならなかったのは、執心の罪業深さを証明するためではなく、むしろ実際の蛇との遭遇がもとにあるのではないだろうか。天井裏や酢瓶の中に潜み、あるいは橘や紅梅の木に纏わりつく小蛇の姿をみたとき、そこに生じる驚異や嫌悪、そして恐怖の感情。その感情を解消し蛇の存在理由を納得するために、同時期に亡くなった人の姿を重ね、蛇にふさわしい悪心を想定するしかなかったのではないだろうか。それが不当に人間の生活圏の中に侵入してきた蛇を、人間の側へと受容する試みだったのである。

ただし金銭と蛇との関係を考えるとき、銭百枚をさし（穴空き銭を細い紐で刺し通してまとめたもの）にして埋めた習俗との関連が想定される。(6) 古代から甕に大量の銭を入れ、またさし銭にして土中に埋める風習があったが、その理由は明確になっていない。だがさし銭の形状が蛇そのものであること、そして先ほどみた瓶や銭と蛇との繋がりを想うと、銭と蛇とを同一視する思考――冬眠・脱皮との関連から銭の再生・増殖を願う――があったのかもしれない。それが先の銭を守る蛇の話や、墓に埋めた金千両を守る蛇と転生した美女の話（『今昔物語集』巻十四ノ４話）を成立させた要因だったのかもしれない。[7]

その２　蛇から人へ

さて天井裏に隠した銭のせいで小さき蛇となり、法華経供養によって救われた無空について、『日本往生極楽記』は「邪道を免かるる」と述べていた。それに対して同話を載せる『法華験記』は「蛇道を免かるる」と表現し、『今昔物語集』もそれを踏襲している。この同音による「邪」から「蛇」への転換は、畜生道の中に「邪な蛇の道」を生じさせ、『法華験記』における多様な蛇の現れを支えていると思われる。以下それを確認してみよう。

先に挙げた「蛇道に堕ち」て橘の木に纏いつく六波羅蜜寺の康仙は、法華経書写により「蛇道を離るることを得て、浄土に生るることを得」る。また生前「悪として造らざることなく、更に一毫《いちごう》の善」もなかった男は阿鼻地獄に堕ちた後、道命《どうみょう》阿闍梨《あじゃり》の読経の声によって、「蛇道の形を得」るのであった（下巻第86話）。ここでの「蛇道」はただ「蛇の身・蛇の形」というのではない。蛇道を離れ浄土へ、または地獄を逃れ蛇道へというように、浄土（天）↓人間↓蛇道↓地獄という空間的ヒエラルキーを構成しながら、前世↓現世↓来世の時間軸に添って相互に道が通じているのである。

したがって現世において「殺盗・婬妄・飲酒を行ひ」、僧にあるまじき悪の限りを尽くした定法寺の別当法師が来世「極悪の大蛇の身を感得」した（上巻第29話）ように、悪行を犯した人間は蛇道に堕ちてゆく。だが、逆に蛇であっても、善を修せば人間になれるのである。

前世に信濃国の桑田寺の榎に住んでいた毒蛇は、法華経読誦を聴聞して現世に人と転生するものの、仏前の灯油を飲んだために盲目となる（上巻第27話）。また同様に播磨国赤穂郡の山駅に住んでいた毒蛇も、聖人を食らおうとして法華経を聴いた結果、蛇身を離れ金峰山の僧転乗と転生するものの、最後まで聴かなかった法華経の暗誦ができない（下巻第93話）。いずれも法華経の功徳によって、毒蛇が現世の人間へと生まれ変わっている。ただし盲目や記憶障害といったハンディキャップの理由を、前世での蛇身に求めている点が問題となる。蛇の烙印が差別を胚胎し、密接に差別と関わりあっていることを示しているのだが、今はその問題は問わないことにする。

こうして蛇の側からも人間へと転生してくるのだが、さらに実際に遭遇した蛇が人となって現れる話もある。「大きなる岩洞に宿」った沙門雲浄《しゃもんうんじょう》を呑《の》もうとした「大きなる毒蛇」は、雲浄の法華経読誦を聴き、「五品朝服《ごひんてうぶく》の人」として現れ、「人類を喫《は》み食ふこと、既に万数に及べり」と自らの罪を告白する（上巻第14話）。また『日本霊異記』にも収録されていた蟹満多《かにまた》寺縁起（下巻第123話）でも、「五位の形なる人」として現れた毒蛇は、女が助けた蟹に殺害される。さらに信濃守《かみ》が上京の途中で出会った蛇は、守の夢に「斑なる水干を着たる男」として現れ、宿敵である鼠の存在を告げたために、守の配慮により二匹とも忉利天《とうりてん》に昇るのであった（下巻第125話）。ここに五位の姿で、あるいは水干袴《すいかんばかま》を着て現れる蛇は、「是に壮夫《をとこ》有り。其の形姿《かたち》・威儀《よそほひ》、時に比《くらべ》無し」（『古事記』三輪山伝説）とする、《蛇婿入り譚》の蛇の姿に重なってゆくだろう。

こうして蛇と人とは互いに融通し合って、蛇から人へ人から蛇へと、絶えず変身・転生を繰り返すのであった。そして『法華験記』において、そのような両者の通行を可能にし回路を開く役割を果たしているのが、その書名の通りに法華経そのものであった。それを象徴するのが、下巻の第113話（『今昔物語集』巻十六ノ６話・『宇治拾遺物語』第87話も同話）である。鷹の子を求めて前人未到の地へと至った鷹取の男は、仲間の策略により海に面した断崖絶壁に取り残されてしまう。そこに「大きなる毒蛇ありて、海の中より出でて、岩に向ひて登り来て呑まむと」するので、男は蛇の頭に刀を突き立て、無事に崖を上ることができた。助かった男が自宅に戻ってみると、法華経の第八巻（観音経）に刀が突き刺さっていた、という話である。これまでの法華経を契機に蛇が人に変身するという話をさらに一歩前に進めて、経典そのものを蛇へと変身させたのである。生き物／品物・悪／善といった壁を越えて変身する意外性をテーマとして、法華経の力を誇示する内容であるが、法華経を媒介に自由に蛇と人とが変わり得る状況があって、初めて可能となった話である。

以上『法華験記』はさまざまな型《タイプ》の蛇説話を展開して、後代の蛇説話の源流をなすとともに、これらの蛇説話の到達点として作品の最後に道成寺説話を置くのである。

では次にその道成寺説話を詳しく取り上げてみよう。

その3　生きたまま蛇へ

道成寺説話は改めて説明の必要もないほど知られた話ではあるが、一応あら筋を辿っておくことにする。

　若く美しい僧と年老いた僧二人が熊野参詣途次、紀伊国牟婁郡《むろ》で路傍の家に宿泊したところ、「その宅《いへ》の主《あるじ》は寡婦《やもめ》」で、夜中に若い僧のもとに来て、「見始め《そ》し時より、交り臥さむの志あり」と告げた。それを若い僧が拒否すると、女は「大きに恨《うら》みて、通夜《よもすがら》僧を抱きて、擾乱《ねうらん》し戯笑《ぎせう》」するため、僧は熊野に参詣後、女の気持ちに応ずることを約束して、その場を逃れる。女は僧の帰りを待つも、騙されたことを知り、「手を打ちて大きに瞋《いか》り、家に還りて隔る舎《や》に入り、籠居して音なかりき。即ち五尋《ひろ》の大きなる毒蛇の身と成りて」、この僧を追跡する。二人の僧はそのことを聴き、道成寺に逃げ込み、鐘の中に若い僧を匿ってもらう。しかし寺まで追って来た蛇は、僧の隠れた鐘に巻き付き、龍頭を尾で叩き続ける。蛇が去った後に鐘を見ると、「蛇の毒のために焼かれ、炎の火熾《さかり》に燃えて」近づけない状態であり、隠れていた僧は骨も残さず燃え尽きていた。その後老僧の夢に、同じ蛇が現れて「悪しき女のために領ぜられて、その夫と成り、弊《つたな》く悪しき身を感じたり」と述べ、「我等二の蛇のために苦びを抜きたまへ」と救いを求める。そこで老僧が法華経を書写し無遮《むしゃ》の法会を開いた結果、老僧の夢に女と僧が現れて、女は忉利天に僧は兜率天《とそってん》に昇ることになったと告げるのであった。

　この話が、これまで見てきた一連の蛇説話の、延長線上にあることは一目瞭然だろう。特に主人公の女（以下本文に従い《悪しき女》と呼ぶ）が生きたまま蛇へと変身する趣向は、毒蛇が法華経聴聞によって生きたまま人の姿へと変身する話（上巻第14話）を、逆方向へと転じた変身である。したがって『法華験記』内部において眺めるときには、《悪しき女》の変身に違和感はない。しかしその新趣向のために、彼女の生死が曖昧になっているのも否めない。老僧の夢に登場した若い僧が「我等二の蛇の」と告げるためには、僧を焼き殺した後に、《悪しき女》は死んでいなければならない。ところがその記述はなく不自然さが残るせいか、同話を載せる『今昔物語集』（巻十四ノ３話）は、

大キニ嗔《いか》リテ、家ニ返リテ寝屋ニ籠リ居ヌ。音セズシテ暫ク有リテ、即チ死ヌ。家ノ従《とも》ノ女等此レヲ見テ泣キ悲シム程ニ、五尋許《いつたなひろばかり》ノ毒蛇、忽《たちまち》ニ寝屋ヨリ出《い》デヌ。

と、毒蛇変身を女の死後とする。確かに生前の罪により輪廻転生の結果として、死後畜生道に堕ちて蛇になるということならば、前世から現世・現世から来世へと、生の転換に合わせて身体が変化したということで理解はしやすい。しかし『法華験記』はその形を次々と繰り返した結果、新たな蛇変身の形として生きたまま蛇になるという話を、最後の最後に提示したのであ

る。

ところがその衝撃的な内容ゆえに、この話だけが一人歩きしてしまい、《女は怒らせると怖い》式の、単純で安易な理解がまかり通ることになった。しかもその理解をこれ見よがしに嬉々として語る者がいて、なおかつその言葉に当の女性が肯くという、やりきれない現実があって、その中でこの説話は今日まで広く一般に伝わって来たのである。だがその理解で、一体この物語の何がわかったと言うのだろうか。

『法華験記』は主人公の《悪しき女》を「その宅の主は寡婦《やもめ》なり」とする。古語の「やもめ」は独身の女性というだけで、未婚・既婚は問えない。しかし『法華験記』での他の用例をみると、「一生寡婦にして、夫婦の礼を知らず。身に犯すところなくして、心に罪を作ることなし」（下巻第117話）と語られる藤原氏の女や、「一生寡婦にして、ただ法華を誦せり」（下巻第119話）と説明される紀氏の女は[8]、「一生」とある限りにおいて未婚であり、その行いが《悪しき女》の対極にある女性たちである。したがって「両三の女の従《とも》の者」を使う「その宅《いへ》の主《あるじ》」として、夜中に若い僧に「我が家は昔より他の人を宿さず」と告げ、「人きに恨怨《うら》みて、通夜《よもすがら》僧を抱きて、擾乱《ねうらん》し戯笑《ぎせう》」する《悪しき女》は、未亡人である可能性が高い[9]。一方『道成寺縁起』は「寡婦」ではなく「清次庄司と申す人の娵《よめ》」とするが、夫（清次庄司の息子）は登場しないので、未亡人かつ若い女の意味を込めて「娵《よめ》」としていると考えられる。

いずれにせよ道成寺説話においては、一目ぼれした僧侶にいきなり関係を迫る女を「寡婦（未亡人）」と設定しているのであり、そこには——男に飢え性《セックス》を欲しがる女は未亡人——という、寡婦との関係を夢想する男の側からの視線や欲望が色濃く影を落としていることは言うまでもない。

その意味では『蛇性の婬』において、蛇の化身した真名児が自らの偽りの境遇を次のように述べているのは肯ける。

> 此の国の受領の下司《したづかさ》県《あがた》の何某《なにがし》に迎へられて、伴なひ下りしは、はやく三年《みとせ》になりぬ。夫は任はてぬ此の春、かりそめの病に死し給ひしかば、便りなき身とはなり侍る。

夫を亡くしたために充たされない愛欲に悶える未亡人という幻影が、《蛇性の婬》を象徴しているのである。「蛇としての婬なる性」を持って女として現れる真名児。「女としての婬なる性」を持って蛇として現れる《悪しき女》。両者は「婬」であることによって、置き換え可能な存在となり、互いに回路が開かれてゆく。

そのような女と蛇の位相は、『日本霊異記』が《蛇婿入り譚》を素材にしながらも、直接女性を犯す蛇を描いた時点ですでに表れている。その話に、「先の悪しき契りによりては、蛇となりて愛婚《くながひ》す」と、蛇が淫らな男女関係とともにあることが示される。その邪まな男女関係は五戒《不殺生・不偸盗・不邪淫・不妄語・不飲酒》のうちの、不邪婬の戒めへの違反である。したがって邪婬という言葉は『日本霊異記』においても、

われ齢《よはひ》丁《さか》りなりし時に、濫《みだりがは》しく嫁ぎて邪婬にして、幼稚《おさな》き子を棄て、壮夫《をとこ》とともに寐《ね》ぬ。（下巻第16話）

と人妻の不倫に際し使われている。がまだ蛇との直接的な結びつきは見せていない。

それに対して『法華験記』において、邪道から蛇道への転換が行われたことはすでに確認した。蛇道は浄土から地獄へ繋がる空間的ヒエラルキーの中で、前世から来世への時間軸とともに位置づけられていた。その蛇道と寡婦との結合は、さきに確認した二人の大悪人の話——僧にあるまじき悪の限りを尽くした定法寺の別当法師（上巻第29話）と、また悪行ゆえに阿鼻地獄に堕ちた男（下巻第86話）の話——においてみることができる。「蛇道の形」となったこの悪

人二人は、「蛇の霊、妻に着き附して」と、寡婦として遺された妻に憑依してその境遇を語るのである。つまり蛇が寡婦を通して現世に現れるということであり、ここに《男に飢えている女》という、男の側からの寡婦に対するレッテルが貼られるとき、道成寺説話ができ上がってゆくのである。

つまり邪道から蛇道への転換に呼応して、邪婬から蛇婬へと転換したのであり、そのため後代の作品において蛇道という言葉は、邪まな男女関係を示して使われるようになるのである。たとえば『愛護の若』においては、継子愛護の若に横恋慕した継母は、若の激しい拒絶にあって復讐を誓う場面で、

一念無量劫、生々世々に至るまで、五百生の苦を受け、蛇道の苦患を受くるとも、思ひかけたるこの恋を、会はで果てなむ口惜しや[10]。

と述べ、また『宇治拾遺物語』では、進命婦に恋した八十歳の老僧が臨終を迎えての告白でも、

京より御堂へ参らるる女房に、近づきなれて、物を申さばやと思ひしより、この三ヵ年、

　不食の病になりて、いまはすでに蛇道に落ちなむずる、心うきことなり。

と告白する。[11] つまり蛇道が許されない愛欲の関係、すなわち邪婬の罪の結果として、男女問わず堕ちる蛇の道へと限定されてゆくのである。

このような蛇と寡婦とが《婬》において結び付けられてゆく流れの中で、自ら寡婦の境遇を選択した哀しい女の物語、「母、女《むすめ》を妬み、手の指蛇《くちなは》に成る事」（『発心集』巻四ノ12話）が生まれるのである。[12]

若い男と再婚した妻が夫婦関係に倦《う》んで、夫の相手を娘に譲る。そうして自ら寡婦の地位に立った妻だったが、夜毎に二人が愛し合う声を聴いているうちに、

　左・右の手をさし出《い》でたるを見るに、大指二つながら蛇《くちなは》になりて、目もめづらかに舌さし出でて、びろびろとす。

この親指蛇を実際に見た人が居ると語ってゆく鴨長明は、

女のならひ、人をそねみ、物をねたむ心により、多くは罪深き報ひを得るなり。なかなかかやうにあらはれぬる事は、悔いかへして罪滅ぶる方もありぬべし。

と、この話を嫉妬深く罪深き女の物語とコメントする。

仏教における女性蔑視・女性差別を背景にして女性を批判する姿勢は、『法華験記』を地元に合わせ改作したとみられる『道成寺縁起』においても著しい(13)。「隔る舎に入り、籠居して」毒蛇へと変身した『法華験記』に対して、僧を追いかける途中ですでに頭部は蛇体となり火焔を吹く『道成寺縁起』は、日高川渡河に際して完全な蛇（十龍）身となり、「忽《たちまち》に虵身《じゃしん》を現ずる事は世にためしなくこそ聞けれ」とする。つまり生きたまま蛇体への変身の衝撃を視覚化し、より刺激的に提示することで、女性の罪深さを強調しているのである。その作為を反映して、

此の事を倩《つらつ》ら私に案ずるに、女人の習ひ、高きも賤しきも妬心を離れたるはなし。古今の例申し尽くすべきにあらず。されば経の中にも、「女人地獄使　能断㆓仏種子㆒　外面似㆓菩薩㆒　内心如㆓夜叉㆒」と説かるる心は、女は地獄の使ひなり。能《よ》く仏に成る事を留め、

上には菩薩のごとくして、内の心は鬼の様なるべし。

と、『唯識論』の著名な一説を引用して、女性批判を繰り返すのである。

しかし蛇への変身自体、実際にはあり得ない出来事である以上、そこには寡婦という《女の性》に無理に蛇の烙印を押そうとする、男の側の悪意や欲望、そして怯懦《きょうだ》が存在していると考えられる。つまり男達の欲求不満が紡ぎ出した、《愛欲に身を焦がす女》というレッテル。それを貼られた寡婦（未亡人）達が、男達の視線の向こうで蛇へと変身させられているのである。

古代においては未婚の処女クシナダヒメが、ヤマタノヲロチに供儀《スケープゴート》として差し出された。それに対して中世においては寡婦（未亡人）が、《男の性》への供儀《スケープゴート》として蛇に捧げられたのであった。

その4　寡婦から娘へ

さて《悪しき女》を死後蛇へと転生させた『今昔物語集』は、彼女を「若キ女」とし「夫無クシテ寡《やもめ》ナリ」、すなわち年若い未婚の女性とする。つまり『今昔物語集』はこの物語を、若い女が一目惚れした男に裏切られたため、自殺して蛇になったという内容に改変したということであり、それは毒蛇から毒を抜く作業に他ならなかった。かろうじて「深ク愛欲ノ心ヲ発シテ」と愛欲に言及しているものの、スケープゴートとして炙り出されてゆく《女の性》の問題はどこかへと消えてしまっている。

さらに能の「道成寺」になると、《悪しき女》を真砂荘司の娘として、熊野詣の山伏が宿泊した際に、

荘司娘を寵愛のあまりに、あの客僧は汝が夫《つま》よ夫《おっと》よなどと戯《ざ》れければ、幼心にまことと思ひ年月を送る。さるほどにかの客僧、またある時荘司が許に泊りければ、かの女申すやう、われをばいつまでかやうに捨て置き給ふぞ、このたびは連れて奥へお下りあれと申す。その時かの客僧大きに騒ぎ、夜に紛れて荘司が許を逃げ去りぬ。(14)

と、親の言葉を信じて結婚を夢見た少女が、婚約不履行への恨みの挙句に蛇になるのであり、「愛欲の心」も消え去って、この娘が蛇になる理由すら判然としない。思い込みの激しい一人

娘が蛇になる理由は一体何だったのだろうか。そのせいか、鐘の中に飛び込むという離れ業と、蛇の鱗を模した絢爛豪華な衣装が目を惹くだけである。

おわりに

先に金《かね》と蛇との関わりについて一つの推測を提示したが、もう一つの鐘《かね》と蛇との関わりについても、同様の推測を提示して、この論の結びとしたい。

『道成寺縁起』は道成寺の名の由来を、「紀大臣道成公奉行して建立せられ(15)」たためとするも、それは由来不明と告げているに外ならない。この「道成《ダウジヤウ》」寺と同音異字の名前をもつものに、「道場《ドウヂヤウ》」法師がいる。道場法師は雷神の子として蛇をまとい誕生し、無双の力を発揮するとともに、鐘撞き堂に現れる鬼を退治する。この二つの話の構成要素は幾つかの重なりをみせているため、蛇と鐘との係わり合う彼方に、「ドウジョウ」という名の由来が想像されるところである。というのも、能の「道成寺」の原曲名は「鐘巻」であり、「日高踊」でも「鐘巻寺」と呼ばれていて、道成寺が鐘巻とともにあることが窺われる。そこで能が新たに鋳造された鐘供養の場を設定していることを考えると、蛇が「龍頭を銜《くは》え七纏《まと》ひ纏ひ、炎を出だし尾をもつて叩けば、鐘はすなわち湯となって」という描写は、鐘を巻いた蛇が自らの炎で銅を溶かし、鐘を生み出している姿とみることはできないだろうか。

ただし『道成寺縁起』が描く蛇の姿は手足のない龍であったり、あるいはこの図のように手を持っていたりする。そしてさらに全国各地に数多く残る水に沈む鐘の伝説や、「園城寺の鐘は龍宮の鐘なり」（『古事談』368話）とする鐘と龍宮との関わりを想うと、本来鐘を巻いたのは蛇ではなく、龍ではなかったかと思われる。鐘の上部が龍頭と呼称されているように、龍が鐘本体を自らの卵のように抱えて、鐘を鋳出すのである。つまり梵鐘は龍の分身あるいは子供であり、鐘の音は龍の咆哮に他ならなかった。そのような鐘と龍に纏わる記憶が道成寺説話の誕生の基盤にあって、それが寡婦と結合することで蛇へと変わり、今日の道成寺説話ができたのではないだろうか。

注

（1）本文は、東洋文庫513『三宝絵』（平凡社　1990年1月）による。
（2）本文は、『國譯一切經』印度撰述部本縁部第五による。
（3）本文は、『大正新修大藏經』53巻により、私意に訓読を施した。
（4）本文は岩波思想大系『往生伝　法華験記』（1974年9月）による。
（5）注（4）と同じ。『法華験記』では「蛇」だが、同文話を載せる『今昔物語集』巻十三ノ42話では、「小さき蛇既に死にて有り」と、小蛇とする。
（6）さし銭に関しては、網野善彦・石井進・福田豊彦著『沈黙の中世』（平凡社　1990年10月）を参考にした。
（7）蛇と金銭との関わりについては、小学館新編日本古典文学全集『今昔物語集』①、巻十四ノ1話の頭注が指摘しているように、昔話「天福地福」や「金は蛇」の世界と重なってゆく。
（8）二十歳という若さにもかかわらず、「一生寡婦にして」と表現されているので、この表現は未婚であることを表すものと考えられる。
（9）たとえもし「寡婦」を「独身の年増女」としても、男が欲しい結婚願望の女ということで、その位相は未亡人と大差ない。
（10）新潮日本古典集成『説経集』（1977年1月）
（11）この僧は蛇道に堕ちると言いながらも、「病者、頭も剃らで年月を送りたる間、ひげ、髪、銀の針を立てやうたるにて、鬼のごとく」と形容されている。染殿の后に恋慕して死後鬼となる僧の話（『今昔物語集』巻二十ノ7話、表題では天狗）に繋がり、蛇と鬼の位相が重なることがわかる。

(12) 本文は、『発心集　本文・自立語索引』（清文堂　1985年3月）による。

(13) 本文は、『桑実寺縁起　道成寺縁起』（『続日本の絵巻』24　中央公論社　1992年12月）による。

(14) 本文は、小学館新編日本古典文学全集『謡曲集』②（1998年2月）

(15) 能などは「橘道成」とする。

尚、本文で使用した『道成寺縁起』の図は、國學院大學図書館所蔵の江戸時代後期成立の『道成寺縁起絵巻』を用いた。

第5章　《性愛》の物語

——「虫愛づる姫君」を読む——

はじめに

『堤中納言物語』を開けば、作品全体を彩る《性愛》の言説の多様さに気づかされる。この物語に収載された各短編物語の固有の作者はともかくとして、『堤中納言物語』というひとつの作品を貫くのは、この《性愛》の言説に外ならない、とさえ思われる。それとも、《物語》と《性愛》とは不即不離の関係にあり、どんな短編物語が選ばれようとも、結果的に《性愛》の言説が溢れ出すということなのだろうか。もしそうであるなら、――なぜ《物語》は《性愛》の言説において存在するのか――という問いを改めて問い直す必要があるだろう。いずれにせよ、この時代唯一の短編物語集が《性愛》の物語集として存在していることは間違いのないところである。したがって、先ず作品全体の《性愛》の言説を確認した上で、「虫愛づる姫君」の考察へと進むこととしたい。

その1　各物語の《性愛》

作品を特色づける《性愛》の言説の多様さ。その基底にあるのは、《性愛》の対象を求めて彷徨《さまよ》う男達の行動である。未婚の若き公達《きんだち》達は、月の光の中新たな《性愛》の対象を探しては、行きずりの邸に足を止める（「花桜折る中将」・「貝合せ」）か、あるいは、すでに《性愛》の対象となっている相手の邸へと直接赴くのである（「冬ごもる空のけしき」・「逢坂越えぬ権《ごん》中納言」）。その際、これらの主人公達が他の女性とも関係のあることが言及されているが、このことは注意されて良いだろう。特に、ひとりの女性との関係を求めて、極寒の中凍える情《おも》いを抱いて相手の邸を訪れる「冬ごもる空のけしき」の主人公と、極暑の中熱き情いに堪えかねて邸内に忍び入る「逢坂越えぬ権中納言」。彼らの情いも一対一のひたむきな恋愛という、「心ざし」の内実を問う形では表れてはいない。複数の女性関係において、より充足をもたらしてくれる存在を求める、快楽の追求として表れているのである。そのため必然的に彼らの《性愛》は快楽の充足への方向性と、その抑圧への方向性を持った、相反する力のせめぎあいの場に置かれることになる。

その恋愛ゲームの始まりを告げるのは、彼らが足を止めた邸での覗き見である。垣間見の手法が短編物語の形態と関連してあることは指摘されているが、《性愛》の言説とも切り離せないことは言うまでもないだろう。快楽を求める男達の視線の彼方に、隠蔽されていた《女の性》が拓《ひら》かれてゆくのだから……。

先ず春の月と花とが溶け合う中、現在の恋人の邸を後にした「花桜折る中将」は、過去の恋人の邸に足を留めて、その垣間見の結果、期待通りの姫君を見付け出す。やがて、その姫君の入内が間近であることを知り、誘拐という暴挙に出る。だが、中将の直接的な力の行使は、《性》に奔放な女童の策謀によって、姫君の祖母へと転換され失敗に終わる。(1)「そののち、いかが。をこがましうこそ」と、老女の身体を前にした中将の滑稽さを笑う声の中に、彼がかつて醜貌ゆえに捨てた過去の恋人や、飽きられてしまった現在の恋人の嘲笑が響き渡る。(2)

続いて秋の有明の月に誘われ、朝霧の立ちこめる中を彷徨い歩く「貝合せ」の少将は、最初の邸では不首尾に終わるものの、走り回る子供達の姿を目にして、次の邸の庭に入り込み覗き見を始める。そして、彼の姿に気づいた女童を懐柔して邸に忍び込み、貝合せの準備に苦悩する「この世のものとも見えずうつくしき」姫君を見いだす。だが、彼を引き入れた女童の策謀によって観音へと化身させられてしまい、継子物語が描き出す少将と継子との恋愛へと発展することはない。そのため、「色々な貝を多く入れ」た州浜を観音の霊験として贈った少将は、「いとをかしくて見ゐたまへり」と、身体を合わせられない《小さな貝》である少女達の「ものぐるほしき」様を見つめ続けるしかない。

こうして風情ある月の光を浴びて、処女を犯す者と現れたふたりの公達。その快楽への欲求は、偶然を装った女童の知謀によって、老女と童女という《女の性》を持たない身体へとずらされてしまう。快楽への欲求と、それを抑圧する知力。そこに生じるおかしさ。社会的に肉体的に優位に立つ《男》達と、その反対の立場にあって、しかも親を亡くしている姫君達。通常なら容易に犯され得るものであった《女の性》は護られて、一夫一妻多妾制が婚姻形態である社会において、女ひとり物にできなかった男達が笑いの中に立たされる。

一方、《女の性》を求めてはならない女性を《性愛》の対象としたために苦悩するのが、「冬ごもる空のけしき」と「逢坂越えぬ権中納言」の二編である。

「すさまじきものにして見る人もなき月」（『徒然草』第19段）とされる真冬の月の光を浴びて、「あるまじきこと」と思いながらも、目当ての女性の邸に忍び込む「冬ごもる空のけしき」の主人公。その相手の女性を、彼が背景として背負う真冬の月に相応する存在とすれば、『新猿楽記』が伝える、六十歳を超えた右衛門尉《うえもんのじょう》の本妻が、「化粧を致すといへども敢えて愛する人なし。あたかも極月夜《ごくげつよ》の如し」と比喩されているように、主人公と年齢の離れた女性との逸脱した《性愛》関係が想定できる。さらにそこに近親相姦の匂いを嗅ぎ取ることも可能であり、(3)その醜悪さゆえに未完の体をなして、《物語》は閉じられてしまっている。あるいは、禁忌の侵犯へとは言説は進まないと言った方が良いだろうか。

また、菖蒲の「根合せ」においては敵方を圧倒する力を見せた「逢坂越えぬ権中納言」。彼は、「土さへ割れて、照る」真夏の月の光の中、目当ての姫君の邸を訪れる。だが、乱暴な行為に及ぶことを自ら否定し、空しく愛の言葉を求めては涙にくれる。「浅香沼」の「深き泥《こひぢ》」に下り立って見事な「根」により「根合せ」の勝利を手に入れた中納言も、「薄きへだて」のある女性との「寝合せ」には到れず、その「深き恋路《こひぢ》」に身動きが取れなくなって敗北している。この中納言の置かれた状況や、その求愛を「心つよく」拒否する姫君の態度から、ふたりの間に家族内の禁じられた《性愛》関係を想定することは可能であろう。

つまり、この二編の《物語》は、主人公が身体に浴びる月が規則に違反した《性愛》を象徴して輝き、その言説は一線を越えることなく、その周縁をぐるぐると巡る。そして、頑なな相手の拒絶と自らの抑制との狭間で、快楽への欲求を持て余して苦悩する男達。彼らもまた笑いの中に立たされているのであった。

こうしてこれら四編の《物語》において、四季の月を背負って現れた未婚の主人公達の快楽への欲求は、反転・無化・拒否・抑制されて終わる。そのため《性愛》の言説は、彼らの情欲の抑圧が生み出す笑いへと収束する。そこに、社会的・肉体的力を背景に《性愛》関係の断絶・結合を恣意に行い得る男達への批判的な視線を読み取ることは可能だろう。だが、それは《男の性》の毒牙から《女の性》を護るということを意味しない。

そのことを明確に示すのが、「はいずみ」と「思はぬ方にとまりする少将」の二編である。両話の主人公は正妻との同居、あるいは通い婚という既婚者でありながら、《性愛》のもたらす快楽に惹かれて、「はいずみ」では知人の娘のところへ通い始め、「思はぬ方にとまりする少将」ではかろうじて和姦の体裁を装った強姦に及び、さらにその相手の姉、あるいは妹までも犯してしまう。つまり、この二編の《物語》では一転して《女の性》は護られることなく、男達が「心ざし」と誤解している「めづらしさ」の実感、すなわち快楽の充足へと《物語》は進み、一対二・二対二の男女関係が描き出されるのである。当時の婚姻形態にあっては、既婚者の快楽は新たなる恋愛関係の成立によって初めて問題となるのだと言えよう。

その結果、重婚の禁止に違反した「はいずみ」の夫は、馬卜の「をかしげなる」妻の姿に《女》を感じて、妻の「いたづらなる」状態を案じた後、「二人臥しぬ」と妻との性行へと戻ってゆく。この夫の情けなさが笑いの一部をなすが、婚姻形態からみると、それは日常的なでき事でしかない。そのために、妻と対照化された「今の人」が、白粉と掃墨《はいずみ》を取り違えることによって、「いたづらになり給へるとて騒ぎけるこそ、返す返すをかしけれ」と、明確な嘲笑の対象として、異形のものへと変わる滑稽さを晒す。

一方、「思はぬ方にとまりする少将」においても、二人の少将が偶然に恋愛相手をそれぞれの姉妹へと取り違えたことから、家族の規則に違反した《性愛》関係へと逸脱してゆく。そして、その快楽の充足ゆえにかえって、「男も女も、いづかたもただ同じ御心のうちに、あいなう胸ふたがりてぞおぼさるる」と、抜き差しならぬ状況へと陥った、男女四人の滑稽さが浮彫りにされるのである。

つまり、この二編では快楽の充足へと《物語》は進みながらも、やはりそこに生じた偶然の錯誤、取り違えによる滑稽さが、《男》の快楽と、それに応じた《女》を包み込む。

こうして、ここまでの《物語》が描く《性愛》の言説は、《男》の快楽の欲求を、反転・無化・拒否・抑制・回帰・逸脱という、抑圧と充足とに関わっての多様なパターンの中に描き出しては、男／女が演じる恋愛ゲームとしての快楽の実体を、そこに生じる笑い＝《知》を中心に展開していると言えよう。それはまさに、「快楽の知であり、快楽の実体を知る快楽、〈知である快楽〉である」(4)と言えるのである。

そして、このような抑圧と充足とへ向かう《性愛》の言説を集約する《物語》が「はなだの女御」である。「すき者」とされる主人公と、或る貴族の娘達八人との《性愛》関係——現在交際中の女性やはかない逢瀬で終わった女性、また「すき者」が言い寄っては拒否された女性や彼の方が避ける女性など——ひとりの《男》の快楽の欲求に対する、多数の《女》のさまざまな反応を描き出すことによって、一対多という氾濫する《性愛》の状況と、それゆえに生じる笑いが「知である快楽」をなす。

『堤中納言物語』の《性愛》の言説は、《男》の快楽の欲求の抑圧から過剰な充足までを描き出しては、自然・規則・倫理から外れる方向へと歪曲することで、本来秘すべき《性愛》を笑いの中で露わにするのである。そして、このように多様なパターンを《性愛》の言説が展開するのは、個々の一回限りの体験でしかない《性愛》は絶えず比べ合わせられることによって初めて、その実体を明らかにし得るということなのであろう。

とすると、『堤中納言物語』が男と女一対一の愛情に基づく真面目で悲劇的な《性愛》関係を描かず、そのもどきに終始することが問題となる。もちろんそれは、この作品の全体的な特徴と関わってくるのだろう。(5) だが、《性愛》の言説だけに限って言えば、一様に笑いへと収斂《しゅうれん》してゆく背景には、《性愛》のもたらす快楽を抑圧する方向性が潜在していることをも意味するだろう。

それは二対二、一対多の快楽の充足を描いた、「思はぬ方にとまりする少将」と「はなだの女御」の《物語》を閉じる手法に端的に現れている。姉・妹を犯した「思はぬ方にとまりする少将」では、「本にも、本のままと見ゆ」と、逸脱した男女関係を二重に封印した《物語》の世界に閉じ込めてしまい、また、姉妹多数との多淫を描き出した「はなだの女御」においても、「心に思ふ事、歌など書きつつ手ならひにしたりけるを、また人の取りて書き写したれば、あやしくも有るかな」と、二度の書写を示した後、第三者の跋文へと進んで、でき事としての《性愛》を彼方へと遠ざける。暴き出した快楽の逸脱を秘匿すべきものとして再び隠そうとする試みは、それ自体を許されないこととする抑圧の方向と無縁ではない。

では、何が《性愛》の言説を抑圧へと進めるのか？

それを示すのが「はなだの女御」に仕組まれた仕掛けである。「すき者」が覗き見する邸に住む女性達それぞれが、花に譬えて言及する各自の主人達。つまり、女院から始まって、一品の宮・大皇宮・皇后宮・中宮・女御以下中務の宮の上までの二十人の女性達。特に六人の女御と天皇との《性愛》関係は、「すき者」と姉妹との関係がそのまま投影する形で示される。「すき者」と同位にある天皇の寵愛の有無に一喜一憂する女御達。だが、「すき者」の恣意な《性愛》が笑いの対象となったにもかかわらず、天皇の多淫や恣意な寵愛はその対象から外れている。しかも、そのモデルと想定されている時代が、一条天皇の治世であることは象徴的である。なぜなら、この時から一王二后併立という一夫多妻制が中心において開始されたからである。(6) 重婚の禁止が侵犯され、放縦《ほうしょう》な《性愛》を抑圧するものがなくなる。逆に言えば、それゆえこの治世がモデルとして選ばれ、王であることによって氾濫する《性愛》の状況を浮彫りにする。

ここに「このついで」が描き出す、天皇と女御との《性愛》を措《お》いてみよう。(7) 天皇の寵愛の遠ざかった女御の耳・鼻を刺激しながら繰り広げられる体験談(=巡り物語)は、妾の立場の悲哀から、それゆえの清水寺参籠、そして出家へと、《性愛》を否定して仏道へと女御を誘う。だが、最後に香に誘われたかのように天皇が登場することにより、出家によって果たされる精神的充足は、《性愛》のもたらす口・身体の刺激へと席を譲る。

また「花桜折る中将」においては入内が予定されていた姫君の《性》は護られ、その女性を《性愛》の対象とした《男の性》は無化されてしまったのに対して、天皇の《性愛》は無化・抑圧されることはない。そのために天皇の《性愛》の断絶と回帰を描いた「このついで」だけは、その言説に確かな笑いは認められないのである。したがって、「はなだの女御」において、「すき者」のさまざまな《性愛》が可能となったのは、それが『いやしからぬ人』の娘ながらも、侍女として仕える女性との関係であったからであり、また天皇の《性愛》と重ねる仕掛けであったからでもある。そこに娘の中にあって唯一「姫君」と称される女性の《性》は狙われはするものの、犯されることはない理由がある。

つまり、権力と《性愛》との関係においては、権力の中心に近づくにつれて、その周辺の《男の性》は無化され、天皇ひとりのものへと《性》は収斂してゆくのである。そんな両者の関係を明らかにするのが、「ほどほどの懸想」である。

男女の身分とその距離とが「ほどほど」と相応するものであることを描いたこの物語では、小舎人童と女童／若侍と侍女／頭の中将と故式部卿の宮の姫君と、身分が上がるにしたがってお互いの関係は開いてゆき、葵祭の中心に立つ《性愛》を禁じられた斎院へと到る。身分が上昇するにつれて、個人の心と《性愛》の関係とが遊離してゆく状況は、《性愛》が中心へと向かう社会的・経済的な状況と不可分のものであることを告げている。姫君の「心細げなるありさま」を聞いた頭の中将が「故宮のおはせましかば」と嘆くが、それは「思はぬ方にとまりする少将」で犯された姉妹に関して、少将の父右大将が「人のほど、くちをしかるべきにはあらねど、何かは、いと心細きところに」と慨嘆した言葉と照応する。姫君達の《性愛》は社会的・経済的状況、すなわち《家》と直結したところにあり、父親を亡くした姫君だからこそ少将に犯されたと言い得るのである。「ほどほどの懸想」において、童の恋が純真なものと見られるのは、規制するものがなく、直接的な意志の表明が可能であるからに外ならない。そんな女童達の《性》の自由な充足とは対照的に、姫君達の《性》は彼女達の意志とは無縁であり、それは天皇との距離となって表れ、彼女達の《性愛》関係を規定するのである。王という最終の権力の形に対しては、その快楽の欲求に対する《女》の側の抵抗や拒否が封じ込められてしまうと言えば良いだろうか。そのため快楽に伴うゲームが生み出す笑いが消失するのである。

こうして『堤中納言物語』の《性愛》の言説は、快楽への欲求を基点にした同心円が童から天皇まで伸びてゆく中にあり、そこで繰り広げられる男／女の《性》のせめぎ合い、力と力の衝突は、中心へと近づくにつれ歪曲され封じ込められる。実質的に機能する法や倫理、そして直接的に行使される権力がない代わりに、《物語》は笑いという《知》の形でそれを暴露し抑圧して、中心での《性愛》の氾濫を保証する。ただし、「このついで」で示されているように、仏道が《性愛》の否定としてあることは言うまでもない。王権との対比においては敗北した仏教的戒めも、その規制に違反した僧と娘との《性愛》においては、その効力を発揮する。それを実質的な意味を持たない言語遊戯にのせて描き出すのが、「よしなしごと」である。書簡文の形式による告白を通して、表現のタブーを侵犯した性器への言及が逆に二人の関係への風刺となって、隠された《性愛》関係を笑いとともに饒舌《じょうぜつ》に語るのである。(8)

その２　「虫愛づる姫君」の《性愛》

それでは、以上のような『堤中納言物語』全体の《性愛》の言説の中に、「虫愛づる姫君」の《物語》を措《お》いてみると、どうなるのであろうか。

先ず問題となるのが、「虫愛づる姫君」の《性愛》に対する姿勢であろう。冒頭で姫君は、

人びとの、花、蝶やと愛《め》づるこそ、はかなくあやしけれ。

と、世間の人々が「花、蝶やと愛づる」ことを否定する。一方で、この「花、蝶や」という言葉は、「虫愛づる姫君」を嘲笑する侍女の歌の中では、

うらやまし花や蝶やといふめれど　かは虫くさき世をも見るかな

と、「うらやまし」という羨望の思いとともに使われている。「花や蝶や」という世間の風潮に対して、はかなし／うらやましと鋭く対立する両者。そこで参考となるのが、西行法師が詠んだ次の歌である。(9)

ませに咲く花にむつれてとぶ蝶の　うらやましくもはかなかりけり

この歌で「花・蝶」が暗喩するところは、「花にむつれてとぶ蝶」、すなわち「むつる」という語が生み出す、肢体が絡まり合う男女の、恋に戯れる姿である。一旦はそこに羨ましさを覚えた西行は、仏道に生きる者として一転して「はかなし」と、その罪や空しさを捉え返してい

る。同様に「虫愛づる姫君」においても、はかなし／うらやましと対立する「花・蝶」という言葉は、『三宝絵詞』序文が、「男女などに寄せつつ花や蝶やと云へれば」と用いているように、恋に戯れる男／女の《性愛》関係そのものを指示しているとみることができるのではないだろうか。

そして、「花にむつれてとぶ蝶」であることを否定した西行が、自らに「むつる」ことを許したのは、

その折の蓬《よもぎ》がもとの枕にも　かくこそ虫の音にはむつれめ

と、世捨て人の草庵をおとなう「虫の音」であった。(10)

一方、「虫愛づる姫君」にとっても、

人はまことあり、本地たづねたるこそ、心ばへをかしけれ。

として、「蝶」の本地である「よろづの虫の、おそろしげなるを」取り集めて、文字通り「虫

とむつる」ことであった。世俗に生きる姫君にとって、《性愛》関係に興じる世間の風潮を「あやし」と断罪することは、その反転として「いとあやしく、さまことにおはする」状態へと、世間から逸脱することを意味する。したがって、姫君は《性》に無自覚でもなく、大人になることを拒否するのでもない。拒否するのは、男／女の身体のむつれ合う《性愛》関係であり、そこに快楽の充足を求める《女の性》である。そのため必然的に男の側へと越境してゆく姫君の位相が、《性》に未分化な童の位相と重なりを見せているに過ぎない。

そして、この姫君の姿勢は、前節で確認した『堤中納言物語』の《性愛》の言説の方向とひとつのものであり、唯一それを女性の側から描き出したものである。そのために、快楽の抑圧が生み出す笑いは、それを実践する姫君ひとりに集中することとなり、《物語》の言説もその方向へと展開する。

それを示すのが、冒頭「蝶愛づる姫君のかたはらに」と「虫愛づる姫君」と対に配された「蝶愛づる姫君」の存在であろう。彼女が「よろづの蝶の、をかしげなるを取り集め」る姫君として、《物語》の中に登場するわけではない。彼女の名は、「虫愛づる姫君」に仕えることを嫌悪する侍女達の言葉のなかで、「いかなる人、蝶愛づる姫君につかうまつらむ」と言及されるだけである。それに対して、「虫愛づる姫君」を擁護する侍女の言葉の中では、「蝶愛でたまふなる人も、もはらめでたうもおぼえず」と伝聞の形をとって、その存在が否定される。つまり、「蝶愛づる姫君」とは、「虫愛づる姫君」の実態を目の当たりにした侍女達が、その反感ゆえに生み出した架空の存在ということになる。したがって、冒頭で「蝶愛づる姫君のかたはらに」と語り出した、この《物語》の語り手もまた、そんな侍女達の側に属するということになり、それゆえ「虫愛づる姫君」を擁護する侍女は、「とがとがしき女（口うるさい女）」と形容されたのだと考えられる。

こうして「虫愛づる姫君」の《物語》は、彼女を嫌悪し対立する語り手によって、象徴的他者としての「蝶愛づる姫君」と相対化されたところに描き出されているのであり、その言説は姫君の異常性・特殊性を差異化して、彼女を排斥する方向性を内在する。その結果、彼女は絶えず嘲笑の中に自らを晒《さら》すことになるのだが、姫君の立場からすれば、その言動は象徴的他者「蝶愛づる姫君」を逆にもどいてゆくものとしてある。

その「蝶愛づる姫君」に先程の「花や蝶や」の意味を当てはめれば、「むつれてとぶ蝶」＝「男を愛する姫君」ということになるだろう。とすると、「虫愛づる姫君」が求めた「蝶」の本地としての「虫」は、男性化する以前の少年（＝童）を象徴することになる。姫君の中では虫と童とはひとつのものとなって、童達に「けらお、ひきまろ、いなごまろ」などと虫の名を付けて召し使うのであるから……。

さらにここに、『三宝絵詞』序文(11)の、

君見ずや、王舎城の長者の財を貯へて「我が家富めり」と楽びしが、身終りて蛇に成りて古き家の倉を守りしを。

また見ずや、舎衛国の女人の鏡を見つつ「我が貌《かたち》吉《よ》し」と慢《ほこ》りしが、命尽きて虫に成りて本の尸《かばね》の頭《かしら》に住みしを。

を措《お》いて、蛇を突き付けられた姫君が声を震わせ「生前の親ならむ」と言った言葉や、「人は見目をかしき事をこそ好むなれ」という親の忠告に対して、「よろづの事ども（本か）をたづねて、末をみればこそ、ことはゆゑあれ」と答えた言葉を重ねてみれば、「虫」に注がれる姫君の視線は、容貌に自惚れる「蝶愛づる姫君」の「末」の姿にまで伸びていたとみることもできよう。

こうして「見目をかしき事」を放棄した姫君も、彼女を嫌悪する侍女達の視線の中では、

「眉はしもかは虫だちためり」と「虫」とひとつのものでしかない。だが、この侍女達の毛虫に対する嘲笑と、それに対抗した「とがとがしき女」の蝶への非難を耳にした姫君は、「かは虫」を集めるのを止めると、「いぼじり、かたつむりなどとり集めて」、童に今様を歌わせた上で、「かたつぶりのつのの、あらそふや、なぞ」と自らも吟じるのである。この朗詠の典拠となった〝蝸牛角上の争い〟において、蝸牛の左右の角で争う「触氏・蛮氏」ともに「虫けら」を意味する。(12) つまり、姫君を間において蝶や毛虫やと言い争う侍女達も、蝸牛という「虫」の上で争う小さな「虫」に過ぎないと、表層的世界に囚われた愚かさから、姫君はひらりと身をかわしてしまうのである。こうして姫君の「虫愛づる」行為は、「虫」が指示・象徴するところが次々と変換して、対立するものさえ止揚する可能性の中に措かれているのであり、そのため彼女のもどきの対象である「蝶愛づる姫君」が有する頑迷な一義性を揺るがして、男／女の《性愛》関係から脱け出た《女》の可能性の地平をきらめかせているのである。

このような「心深きさま」を示す「虫愛づる姫君」に対して、「かかること世に聞こえて、いとうたてあることを言ふ中に」と、世間常識に違反した姫君を弾劾する者として現れるのが、或る上達部の御子、右馬《うま》の佐《すけ》である。右馬の佐が姫君に贈った蛇は《男の性》の象徴として、彼女に《性》による支配／被支配の関係を強要する。それに対して「生前の親ならむ。な騒ぎそ」と仏教的な言説によって、懸命に《男の性》を無化しようとする姫君。そのために恐る恐る《蛇》を引き寄せた姫君は、振る舞いは「蝶のごとく」、声は「せみ声に」と、男／女の《性愛》関係の中に投げ出されて、自らその仕種を演じることになる。[13] さらに、それを「いみじうをかし」きこととして、笑い合う侍女達。つまり、姫君は共同体を構成する《性愛》の世界から逸脱する異常者として、《男の性》への供犠とされているのである。そのために、姫君を救わんと太刀を手に現れる父大納言の姿は、スサノヲとクシナダヒメの神話がもどかれている。だが、ここで行使される父権は《女の性》をその力のもとに置こうとすることでは、《男》の常識と一体のものでしかない。したがって、父と姫君／姫君と毛虫は「心にくし」と、そのまま移行可能な様態であるにもかかわらず、父大納言の忠告は、「世の人聞かむも、いとあやし」と世間体を振りかざしたものでしかない。

こうして突き付けられた《蛇》と孤立無縁に対峙する姫君は、片仮名で、

契リアラバヨキ極楽ニユキアハム　マツハレニクシ虫ノ姿ハ
福地ノ園ニ

と返歌する。ここで姫君が志向しているのは、右馬の佐と「ヨキ極楽」において出逢うことでも、自らが「福地ノ園ニ」往生することでもない。『河海抄』が「福地の園に」の用例として挙げた歌、(14)

耶輪陀羅《やしゅだら》が福地の園に種蒔《たねま》きて　逢はむ必ず有為《うゐ》の都に

を参考にすると、「福地ノ園ニ」は、「福地の園に種蒔きて」と解釈すべきだと思われる。つまり、「花、蝶やと愛づるこそ、はかなくあやしけれ」として、「蝶」の本地である「虫」を求めた姫君は、同様に「花」の本地としての「種」をも求めたのではないだろうか。

そして、耶輪陀羅について伝える説話をみると、(15)耶輪陀羅は息子羅睺羅《らごら》が出家するにあたって、夫釈迦も仏道に奪われ、息子もまた奪われてしまうとして、羅睺羅の出家を拒否する。すなわち、耶輪陀羅の妻・母としての《女の性》が鋭く仏教と対立して、仏教が抱えた矛盾が剔《てき》抉《けつ》される。そのため釈迦の弟子目蓮も、釈迦の父浄飯王《じょうぼんおう》に遣わされた波闍波提《はじゃはだい》も、彼女を説得できない。そこで再び目蓮を遣わした釈迦は、前世において、彼女とともに燃燈仏《ねんとうぶつ》に蓮花を捧げた事実を挙げて、其ノ時ニ、相互ニ誓ヒテ云ハク、「世々ニ常ニ汝ト我レ、夫婦ト成リテ汝ガ心ニ違フ事アラジ」ト云ヒキ。其ノ誓ヒニ依リテ契リ深クシテ今日夫婦ト成レリキ。

と慰撫《いぶ》する。つまり、男／女の《性愛》関係の結果成立したかに見える現世でのふたりの夫婦関係が、実は前世における「仏の種」を植えた行為とともに招来されたものに過ぎないと、耶輸陀羅の《女の性》を仏教的言説のなかに搦《から》め捕ってしまう。この耶輸陀羅説話をもとに、『河海抄』の歌では逆に前世でのふたりの誓いの場面を捉えて、「福地の園に種」を蒔いた結果として、現世では必ず夫婦となることが歌われているのである。

したがって、「虫愛づる姫君」が志向しているのも、釈迦と耶輸陀羅の本地へと到る、「福地の園に種蒔きて」結ばれる男／女の関係であり、それは同時に、「マツハレニクシ虫ノ姿ハ」と、《蛇》と「まつはる」ことで始まってゆく《性愛》の関係の否定であった。(16)

このような意味を込めて返された姫君の歌を、「いとめづらかに、さまことなる文かな」と内実を理解しない右馬の佐は、姫君の邸へと赴き、覗き見を始める。そして、姫君の《女の性》

を開拓しようとする右馬の佐の視線はその美質を見いだしながらも、「いと世づかず、化粧したらば」と、絶えず「世の女」へと彼女を変換した上でしかそれを評価できない。その結果、姫君を「世」へと変換し終わった右馬の佐には、姫君の「いとむくつけき心」だけが残されるのである。

一方、右馬の佐に顔を見られたことを侍女に咎められた姫君は、

思ひとけば、ものなむはづかしからぬ。人は夢まぼろしのやうなる世に、誰かとまりて、悪しきことを見、善きをも見、思ふべき。

と答える。見る／見られる関係から始まる男女関係を否定する姫君は、「鬼と女とは人に見えぬぞよき」と、通常の女性の礼儀を鬼の子＝蓑虫のように、親からも顔を隠すことで徹底していた。(17)ここではその反転として、人の世の無常をもとに、善悪の評価の短命さを告げて、《男》に見られた恥自体を超克しようとする。この姫君の発言の真意を理解するために、『旧約聖書』が伝えるエバの記事を手掛りとしてみたい。(18)

エデンの園で蛇はエバに園の中央の樹の実を勧めて、「汝必ず死ぬる事あらじ。神、汝等の

目開け、汝等神の如くなりて善悪を知るに至るを、知り給ふなり」と、その効用を告げる。蛇の甘言に誘われ、エバがその果実を食べた結果、恥を知り身体を隠すエバに対して、神は「汝は夫をしたひ彼は汝を治めむ」と、《妻》という役割に生きることを命じる。

『旧約聖書』において、《男の性》を象徴する蛇がもたらした善悪とは死への怖れとともに、恥としての《女の性》の自覚であり、《妻》としての夫への服従であった。それに対して、《蛇》とまつわることを拒否し、見られる恥を否定し、善悪の価値観を死とともに相対化する「虫愛づる姫君」は、《男》に服従するものでしかない《女の性》を否定し生きようとしているのである。

だがそれは、釈迦と耶輸陀羅の仏種を機縁とした関係を姫君が理想としたように、彼女が結婚することを否定するものではない。ここに『堤中納言物語』全体が示す《性愛》の言説を重ねてみると、大納言の姫君としての彼女の《性》は犯されることなく、中心に立つ天皇へと向かって収斂する線上にあることになる。彼女と対立する語り手の言説の中に明確な形でその道筋は求めようもないが、すでに指摘されているように、(19)

絹とて人々の着るも、蚕のまだ羽根つかぬにしいだし、蝶になりぬれば、いともそでに、あだになりぬるをや。

という発言と、皇后親蚕の儀との繋がりをその細い糸として辿ることは可能である。この親蚕の儀は、中国の皇室での皇帝皇后の役割分担を示す儀礼として、皇后自ら蚕に桑を与えるのだが、『日本書紀』では「故、帝王躬《みづか》ら耕《たつく》りて、農業を勧め、后妃親《みづか》ら蚕《こがひ》して、桑序《さうじょ》を勉《すす》めたまふ」（継体天皇元年三月）と伝えられるものの、日本での実施は明治八年美子皇后の時とされる。[20]この皇后の儀礼をも視野に入れて「蚕＝虫愛づる」行為があるとするなら、「虫愛づる姫君」はその日常世界から逸脱・排斥されるゆえに、逆に耶輸陀羅へ皇后へと、仏法・王法の頂点に立つ女性へと飛躍を遂げることになる。だが、現時点での姫君にとっては、それは両女性のもどきの範疇を出るものではない。彼女が正統へ転換する路を跡付けるのは、「二の巻にあるべし」と委ねられた、読者自身である。「虫愛づる姫君」と同様に、男性の側へと越境・逸脱した「とりかへばや」の女君が皇妃へと到達した《物語》を重ねてみれば、「虫愛づる姫君」のその飛躍も《物語》の有する方向性としては、あながちに誤りだとは言えないであろう。

おわりに

こうして姫君は、男／女の身体の絡まり合う《性愛》関係から逃れて、右馬の佐の歌にも沈黙を守る。そのため姫君に代わって詠んだ侍女の歌に対して、右馬の佐は次の歌を詠んで笑って帰る。

かは虫にまぎるる眉の毛（前の毛）の末に　あたる斗《ばかり》の人はなきかな

この歌の「眉の毛」が「前の毛＝陰毛」へと変換できるのなら、「お前みたいな毛深い奴とは寝る男なんかいない」という嘲笑となって、彼女の人格を一般的な女性観——女性は体毛が薄い——をもとにして攻撃しているのであり、《抱くもの》としての価値がないことを告げて、彼女の存在を無効にしようとするものである。そして前に触れた侍女の言葉、「眉はしもかは虫だちためり。さて、歯ぐきは皮のむけたるにやあらむ」も同様に、陰毛と男性器へと変換可能であろう。つまり、一貫して反・身体的《性愛》の立場をとる姫君に対して、彼女の内面を理解しないまま嫌悪する側は、逆に《性》の刻印をその身体に求め、反転した卑猥性を徴《しる》しづけては、姫君の《性》の歪みを露わにしようとする。[21]だがそれは、自分達が帰属する《性愛》の世界を自明で当然なものとして省みることない愚かさを浮彫りとするだけである。そのため、この場面まで語り手の言説に従って、姫君が生み出すおかしさを異常なものとして辿ってきた読者も、この右馬の佐の浅薄な嘲笑からは自然と離れてゆき、「虫愛づる姫君」の沈黙の内実へと思いを馳せることになる。

ミス・コンテストを批判した女性に対して、〝おまえがブスだからだ〟と嘲笑する《男》に対しては、沈黙するのが賢明だろう。笑われているのがどちらかなどと言うまでもないことだから……。

注

（1）「花桜折る少将」が原題であるが、登場人物の呼称から主人公を中将とする。ただしタイトル自体も〝取り違え〟なのかもしれない。この女童は中将の侍光季と《性愛》関係にあり、主人達の寺社詣でに際しての言動に『落窪物語』の阿漕の策謀が重なってゆく。しかも、月と花とを背負った中将の前に「あたら夜の月と花と」を口ずさんで現れ、新たなる《性愛》関係への思いを漏らす。そのため、中将の姫君への手紙も伝えず、灯りも隠して彼を導く女童の行為の背後に、中将との《性愛》関係を求める女童の策謀が見え隠れしているだろう。

（2）諸注が指摘するように、中将の過去の恋人には、「山人の赤き木の実一つを顔に放たぬ」末摘花の映像が重ねられている。

（3）新潮日本古典集成『堤中納言物語』（1983年1月）が収める「冬ごもる空のけしき」頭注では、藤壺と光源氏の姿態が重ね合わされている。

（4）ミシェル・フーコー著　渡辺守章訳『性の歴史Ⅰ　知への意志』（新潮社　1986年9月）

（5）三谷邦明『物語文学の方法　Ⅱ』所収　第四部「物語文学の系譜・後期物語」（有精堂　1989年6月）。同「擬く堤中納言物語―平安朝後期短編物語の言説の方法あるいは虫めづる姫君物語を読む―」（『平安時代の作家と作品』所収　武蔵野書院　1992年1月）が、『堤中納言物語』が有するもどく方法を明らかにしている。

（6）梅村恵子「天皇家における皇后の位置―中国と日本との比較―」（『女と男の時空　日本女性史再考＝おんなおとこの誕生―古代から中世へ』所収　藤原書店　1996年5月）

（7）物語冒頭「ながめさせ給ふ」と最高敬語で遇されているが、その後の内容から、女御の一人と判断した。

（8）「やもめあたりの煎り豆」が女性器を、「人のたはやすく通ふまじからむ所」・「十編の菅薦」・「近江鍋」が《性愛》関係を風刺する。

（9）『山家集』陽明文庫本では、「ませにさく花にむつれてとぶ蝶のうらやまししもはかなかりけり」とあり、同じく松屋本書入六家本では、「うらやましき」とあるが、「うらやましく」と訂正した（久保田淳編『西行全集』参照）。また、この歌については久保田淳「蝶の歌から」（『西行長明兼好』所収　明治書院　1979年4月）を参考にした。

（10）『山家集』松屋本書入六家本では、「物心ぼそう哀なる折しも、庵の枕近う虫の音聞えければ」と詞書を有し、『山家心中集』伝冷泉為相本では、「ものあはれに心細くおぼえし折りしも、きりぎりすの枕近く鳴き侍りしかば」と詞書が付く。和歌一句目「その折りの」は「自分が死を迎えたときの」と解釈する。

（11）本文は、東洋文庫513『三宝絵』（平凡社　1990年1月）による。

（12）福永光司著『荘子』則陽篇解説（新訂中国古典選第9巻　朝日新聞社　1967年9月）を参考にした。

（13）従来この箇所に姫君の《女》としての姿をみるのだが、「蝶愛づる姫君」が《女》である以上、「蝶」が《女》ではあり得ないだろう。そこで、「蝶のごとく」花にむつれてとぶ姿と、たとえば、「明けたてば蟬のをりはへ鳴きくらし夜は螢の燃えこそわたれ」（『古今和歌集』543番歌）などの歌にみられる、恋に焦がれる「蟬声」とが指示する《性愛》の世界の中に、無理に引き込まれたとみたい。

（14）『源氏物語』若菜巻。明石入道から別れの手紙が来て、「尼君も、ただ福地の園に種まきて、とやうなりしひと言をうち頼みて、後の世を思ひやりつつながめゐ給へり」とする。

（15）『今昔物語集』巻一ノ17話「佛迎羅睺羅令出家給語」。また『宝物集』巻五にも簡略に引かれている。

（16）ここでいう「虫の姿」を虫→長虫＝蛇→男性器と辿るとすれば、姫君は「蝶」の本地として、そこまで射程内に収めていたということになる。だが、それを逆に辿って、「虫愛づる姫君」＝「蛇愛づる姫君」とするのは、この《物語》の放棄に外ならないだろう。

（17）保科恵『堤中納言物語の形成』第二部第三章所収「蓑虫と女性」（新典社 1996年5月）を参考にした。

（18）本文は、『舊新約聖書』（日本聖書協会 1991年）による。

（19）阿部好臣「引用構造の自己同一性 下──『虫めづる姫君』論ふたたび──」（「語文」1985年2月号）ではこの関わりを指摘した後、「極論すれば、王権に関わる『后妃親蠶』のなれのはてだとみた」とする。拙論では「后妃新蠶」の予行だとみたい。

（20）注（6）と同じ。

（21）姫君の《性》の実態として、変態性欲やヒステリー症状を当てはめる試みは、《物語》であることを忘れて、右馬の佐の言動に追随しているだけであろう。

第6章　醜女・産女・橋姫の考察

はじめに

かつて日本の夏を彩った怪談――東海道四谷怪談・番町皿屋敷・累が淵。これらの話の主人公お岩・お菊・累。彼女達には共通点があると思われる。特に東海道四谷怪談は、私も小学生の時に、中川信夫監督、天知茂主演映画を観て、毒薬のために醜くなったお岩の顔に悲鳴を上げたものだが、その原作である鶴屋南北作『東海道四谷怪談』をみると、お岩は「悪女の顔（＝醜女）」へと変貌した後に亡くなり、夫民谷伊右衛門から不義密通をしたとの濡れ衣を着せられ、小仏小平とともに戸板に打ちつけられ、姿見の河に流されてしまう。このお岩の悲劇は、醜女ゆえに利根川に沈められる累に、また濡れ衣を着せられ殺害された後、井戸に捨てられるお菊の姿にも重なってゆくだろう。さらに『東海道四谷怪談』では、蛇山庵室でお岩の呪いに苦しめられる伊右衛門の前に、お岩は「産女《うぶめ》の拵《こしら》へにて、腰より下は血になりし体にて、子を抱いて現はれ出る」のである。[1]

お岩が見せている、この醜女と産女の姿。その最初には水の神に仕える女性の姿があるのではないかと思われる。そこでこの論では、水に沈む醜女、赤ん坊を抱く産女、そしてそこから派生して、さまざまな話柄を展開する橋姫を取り上げて、彼女達の物語が誕生してゆく過程や、その在り様を考察することとする。

その１　醜女の誕生

水に沈む醜女として最初に文献に登場してくるのは、『古事記』が語るマトノヒメである。垂仁天皇に対して謀反を企てたサホビコ、その兄とともに稲城に立てこもった后サホビメは、天皇から「汝が堅めたるみづの小佩《をひも(をおび)》は、誰か解かむ」と問いかけられて、「旦波《たには》の比古多々《ひこたた》須美智宇斯王《すみちのうしのみこ》の女《むすめ》、名は兄比売《えひめ》・弟比売《おとひめ》、茲《こ》の二はしらの女王《をみなみこ》は、浄き公民《おほみたから》ぞ。故、使ふべし」と答える。

その提言に従って、「兄比売・弟比売」姉妹が召される次第を、『古事記』は以下のように記す。

> 其《そ》の后の白《まを》しし随《まにま》に、美知能宇斯王の女等《むすめたち》、比婆須比売命《ひばすひめのみこと》、次に、弟比売《おとひめ》命、次に、歌凝《うたこり》比売命、次に、円野《まとの》比売命、并《あは》せて四柱を喚《め》し上げき。然れども、比婆須比売命・弟

> 比売命の二柱を留めて、其の弟王《おとみこ》の二柱は、甚凶醜《いとみにく》きに因りて、本主《もとつぬし》に返し送りき。是に、円野比売の慚《は》ぢて言はく、「同じ兄弟《はらから》の中に、姿醜きを以て還さえし事、隣《ちか》き里に聞えむは、是甚慚《はづか》し」と言ひて、山代国の相楽《さがらか》に到りし時に、樹の枝に取り懸りて死なむと欲《おも》ひき。故、其地《そこ》を号けて懸木《さがりき》と謂《い》ひき。今、相楽と云ふ。又、弟国に到りし時に、遂に峻《さが》しき淵に堕ちて死にき。故、其地を号けて堕国《おちくに》と謂ひき。今、弟国と云ふ。

ここで、マトノヒメの「本主」とされている「旦波《たには》比古多々須美智宇斯《みちのうし》王」。『日本書紀』は、その名を「丹波《たには》道主《みちのぬし》命」とするが、アマテラスとスサノヲの誓約によって誕生する宗像三女神に関しても、

> 即ち日神の生みたまへる三女神を以ちては、葦原中国の宇佐島に降居さしめたまふ。今し海北の道中に在《いま》し、号《なづ》けて道主貴《みちぬしのむち》と曰《まを》す。

として、同じ「道主」の名を与えている。したがって、玄界灘を北に延びる海の道に祀られた宗像三女神同様に、「旦波比古多々須美智宇斯王」も海や水の神に関わりの深い一族であった

と考えられる。

その一族の四姉妹の中の末っ子マトノヒメが、醜貌ゆえに「本主」へと返され、それを恥じて、彼女は入水自殺するのであった。

ただし『日本書紀』は姉妹の数を五姉妹とした上で同じ箇所を、

唯し竹野《たかの》媛のみは、形姿《かたち》醜きに因りて本土《もとつくに》に返しつかはしたまふ。則ち其の返しつかはさえしを羞《は》ぢ、葛野《かづの》に到り、自ら輿《こし》より堕ちて死《みまか》る。

と、マトノヒメではなくタカノヒメのこととして、入水自殺かどうかも曖昧なままである。タカノヒメが輿から堕ちた「葛野」の地は、後の桂川に当たる葛野川が流れていることを考慮すると、入水した可能性も否定できないだろう。それゆえ四姉妹あるいは五姉妹の一番末の妹が、その醜貌ゆえに入水自殺をしたとして、以下の考察を進めることとする。

では、なぜマトノヒメは「凶醜」と描かれるのだろうか。この点に関して、折口信夫は、「思ふに、悪女の呪ひの此伝へにもあつたのが、落ちたものであらう」として、邇々芸能《ににぎの》命に差し出された「甚凶醜《いとみにく》き」石長《いはなが》比売《ひめ》と同様の理由を想定している。[2] だが同時に、「水の中で死ぬることのはじめをひらいた丹波道主貴の神女は、水の女であつたからと考へたのである」とし、その入水の理由を彼女が「水の女」であることに求めている。この点に関して『折口信夫事典』も、

　信仰的には水界に出自をもつ「水の女」は、やがて本つ国である水界へ去って行くという考えが折口にあったらしい。

と説明している。(3)

　折口が想定しているように、「水の女」であるマトノヒメの入水が死ぬための行為ではなく、「本主」のもとへと帰ったことを表すとすると、彼女が入水した場所「乙訓」の地も、単なる地名起源譚としてではなく、水の神との関わりにおいて選ばれたことになる。

　それを示すのが、『山城国風土記』「可茂社」の記事であろう。賀茂の建《たける》の角身《つのみ》の命《みこと》の娘玉《たま》依《より》比《ひ》売《め》が、石川の瀬見の小川で河遊びをしていた時、上流から丹塗矢《にぬりや》が流れて来て妊娠・出産する。その誕生した子が可茂の別雷《わけいかづち》の命であり、父親に当たる「丹塗矢は乙訓の郡の社に坐《いま》せる火《ほ》の雷の命なり」として、乙訓の地に火雷神としての水の神が祀られていることを伝えて

いる。

同様の例は、『大和物語』第150段「猿沢の池」にもみられる。主人公の采女《うねめ》は醜貌と記されているわけではないが、帝が「こととおぼさ」ない程度の容貌ゆえに寵を得られず、それをはかなんで猿沢の池に身投げする。天皇に召されながらも、その容貌ゆえに捨てられ入水するという状況は、そのままマトノヒメと重なってゆくだろう。しかも、彼女が入水した猿沢の池は、例えば『興福寺流記』が、

末学云ハク、猿沢ノ池、龍ノ池タル事。（中略）寺ノ南ノ辺ニ龍ノ池有リ。水ノ色滄浪トシテ、波流浩汗（瀚か・私注）タリ。時ニ蓮花生ジ、各々開キ栄ヘ芬馥《ふんぷく》タリ。同宇ノ昔、神龍ノ池ノ故、天下旱魃スレドモ、水半バモ減ゼズ。(4)

と伝えているように龍神信仰に覆われた池であり、それゆえ興福寺の僧恵印《えいん》が「その月のその日、この池より龍の昇らむずるなり」という立て札を建てると、それを信じた人々が参集するのであった（『宇治拾遺物語』第130話）。したがって、この采女の入水も水の神のもとへと帰ったみることが可能なのである。

こうして彼女達の入水が自殺でないとすると、自殺の理由とされた醜貌も、人間の短命をもたらした石長比売の場合と同様に、後から付加された理由ということになる。

では醜貌でないとするなら、なぜマトノヒメは「本主」のもとへと帰される必要があったのか。その理由は、サホビメの一連の行動が教えてくれる。

サホビメは兄サホビコから「夫と兄と孰《いづ》れか愛《いつく》しみする」と問われて兄だと答えて、垂仁天皇を殺そうとするものの、「哀しき情」から殺せないままに、一旦は兄を裏切ることになる。しかし最終的には兄とともに焼死することを選んでいる。天皇と兄との板挟みとなって苦しんでいるサホビメ。彼女の置かれている状況は、本来彼女が仕えていた水の神と、新たに仕えることになった天皇との間にあることを、サホビコという同母兄の存在によって示しているのではないだろうか。

つまり、天皇を新たな神とするために水界から訪れ来る彼女達は、水の神と現人神という二柱の神に仕えることを余儀なくされるのである。そして最終的にサホビメが「愛」と告白した兄とともに心中したように、天皇に神としての力を授与した彼女達は、自らの帰属する水の世界へと帰ってゆき、その帰ってゆく姿が入水と表現されたと考えられるのである。

つまり――水の神の力を天皇に授け、再び水の神のもとへと戻る――これが水の神に仕える女性達の基本となる姿であり、この姿をもとにして、女一人対男二人の三角関係が成立し、どちらも選択しかねる女が入水をするという物語——生田川伝説や浮舟の物語が発生していったもの、と考えられる。

そして、この二柱の神に分断されるサホビメの状況を、より明確に表現するために召されたのが、「兄比売・弟比売」ではないだろうか。

つまり、本来一人の女性が二柱の神へと分断されている状況を、姉「兄比売」を天皇へ、そして妹「弟比売」を水の神へと配して、新たに表現したのである。その結果、美しい「兄比売」は皇后として天皇に仕え、醜い「弟比売」は水の神に仕えるために入水するという、醜女入水の物語が誕生したのであった。

この関係を図示すると次のようになる。

図Ⅰ

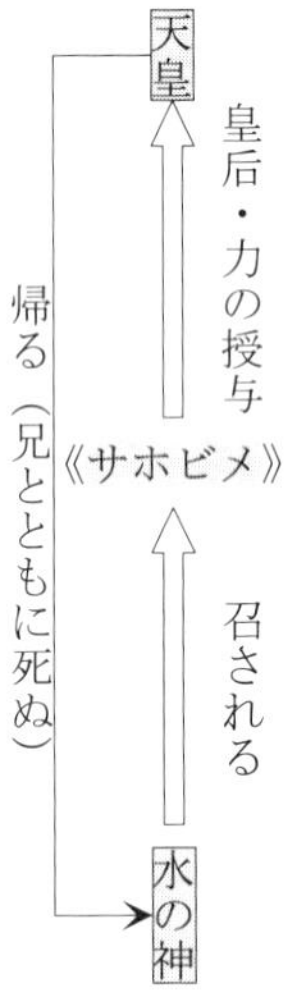

図Ⅱ

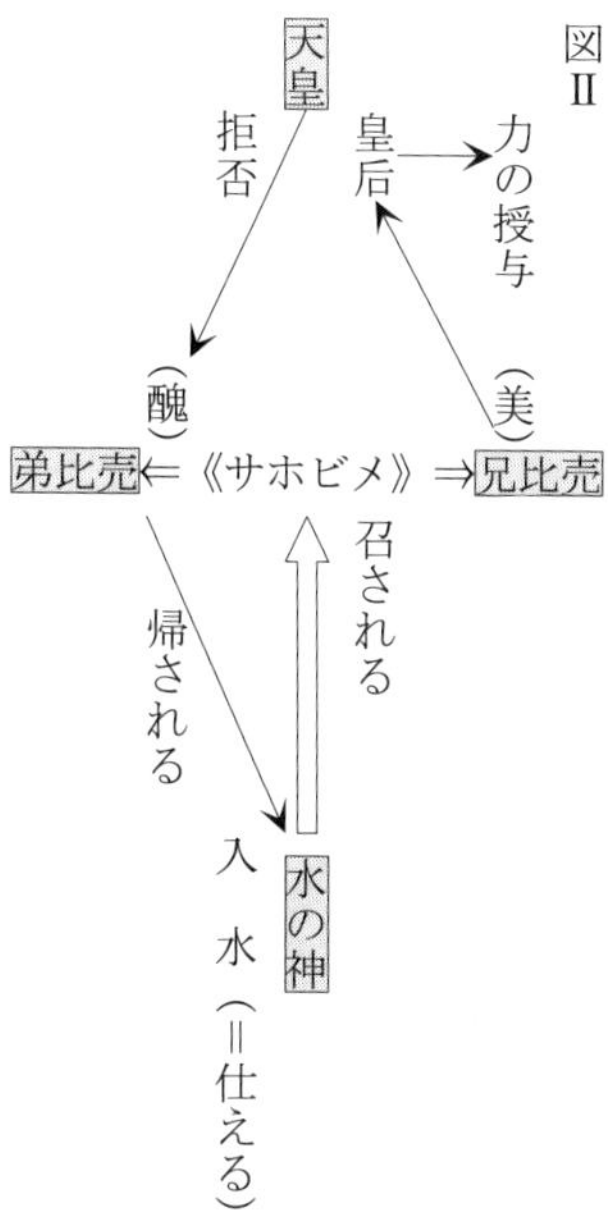

だが『記・紀』において実際に召された「兄比売・弟比売」は、

美知能宇斯王の女《むすめ》等《など》、比婆須比売命《ひばすひめのみこと》、次に、弟比売命、次に、歌凝《うたこり》比売命、次に、円野《まとの》比売命、拝せて四柱を喚《め》し上げき。（『記』）

丹波の五女《いつたりのをみな》の喚《め》して掖庭《えきてい》に納《い》れたまふ。第一を日葉酢媛《ひばすひめ》と曰ひ、第二を渟葉田瓊入媛《ぬばたにいりびめ》と曰ひ、第三を真砥野媛《まとのひめ》と曰ひ、第四を薊瓊入媛《あざみにいりびめ》と曰ひ、第五を竹野媛《たかのひめ》と曰ふ。（『紀』）

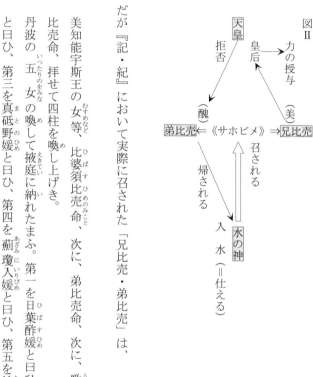

とあるように、基本的な図式が壊れてなぜか四、五姉妹と数が増やされたために、「弟比売＝乙姫」は本来水の世界（＝龍宮）にいるという構造が見えなくなってしまっている。しかし、その誕生段階において乙姫は醜女であったと想定することで、狂言に登場する醜女が被る仮面が、「乙御前（乙）」と称される理由も明らかになるだろう。

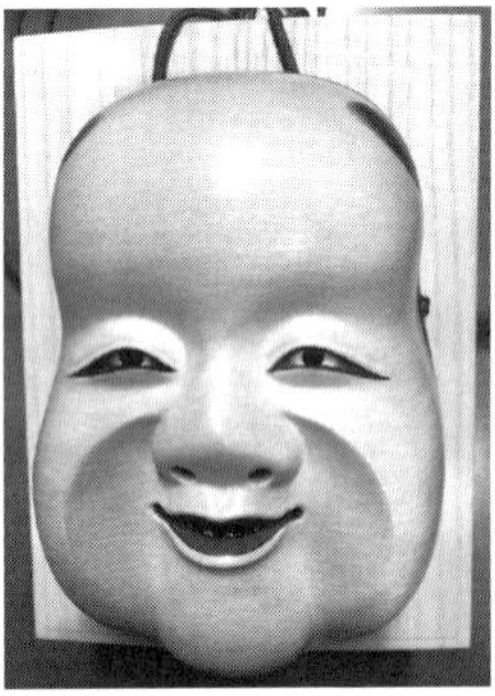

乙の仮面

その2　産女の正体

さて、前節に引用した垂仁天皇のサホビメへの問いかけの言葉――「汝が堅めたるみづの小佩《をひも(をおび)》は、誰か解かむ」を、一般的には、

男と女が互いに下紐を結びかわし、再会するまで他人には解かせないと約束する風習があった(5)。

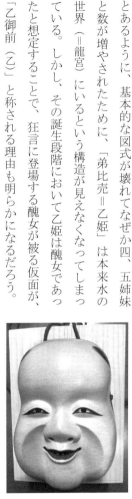

といった風に、男女関係や夫婦関係を結ぶ行為と解釈する。それに対して折口信夫は、「水の女」が大嘗祭の神事において、天皇が身に着けた天の羽衣の「小佩」を、

おのれのみ知る結び目をときほぐして、長い物忌みから解放するのである。すなわちこれと同時に神としての自在な資格を得ることになる。(6)

と述べて、「水の女」が有する独自の能力としている。

これらの解釈に対して、この垂仁天皇の問いかけを、文字通り、「汝が堅めたるみづの小佩は、堅過ぎて汝以外の、誰か解かむ」と解釈できないだろうか。つまり、サホビメは強い力の持ち主であるために、彼女が力を込めて結んだ「小佩」は、誰も解くことができない、と。換言すると、サホビメは天皇に強力《ごうりき》を授けるものとしてあった、ということである。

それを示しているのが産女の存在である。

産女が文献に表れる初出は、『今昔物語集』巻二十七ノ43話であろう。源頼光に仕える武士達が美濃の渡《わたし》という場所に産女が出るという話をしている時、頼光四天王の一人である平《たいらの》季武《すえたけ》が、自分だったらその場所に行くことができると賭けをして出かけて行き、その様子を見

るために何人かが後を付ける。

九月ノ下《しも》ツ暗《やみ》ノ比《ころ》ナレバ、ツツ暗ナルニ、季武、河ヲザブリ〳〵ト渡ルナリ。既ニ彼方ニ渡リ着キヌ。（中略）暫許《しばしばかり》有リテ、亦《また》取リテ返シテ渡リ来《く》ナリ。其ノ度聞ケバ、河中ノ程ニテ、女ノ音《こゑ》ニテ、季武ニ現《あらは》ニ、「此レ抱《だ》ケ抱ケ」ト云フナリ。亦児《ちご》ノ音ニテ、「イガイガ」ト哭《な》クナリ。其ノ間、生臭キ香、河ヨリ此方《こなた》マデ薫《くん》ジタリ。（中略）然《さ》テ、季武ガ云フナル様、「イデ抱カム。己」ト。然レバ、女、「此レハ、クハ」トテ取ラスナリ。季武、袖ノ上ニ子ヲ受ケ取リテケレバ、亦《また》、女追《お》フ追フ、「イデ、其ノ子返シ得シメヨ」ト云フナリ。季武、「今ハ返スマジ、己」ト云ヒテ、河ヨリ此方ノ陸ニ打上ガリヌ。

この産女について、『今昔物語集』作者は、狐の仕業か、あるいは「女ノ子産マムトテ死ニタルガ霊ニ成リタル」かと感想を述べている。同様に折口信夫も、

姑獲鳥《ウブメ》は、飛行する方面から鳥の様に考へられて来たのであらうが、此をさし物にした三

河武士の解釈は、極めて近世風の幽霊に似たものであつた。さう言へば、今昔物語の昔から、乳子を抱かせる産女《ウブメ》は鳥ではなかつた様だ。幽霊の形を餓鬼から独立させた橋渡しは、餓鬼の一種であつた此怪物がしたのであるが、これは、姿を獲たがつて居る子供の魂を預つて居た村境の精霊で、女身と考へられてゐた。(7)

としている。小泉八雲が『梅津忠兵衛』で産神としての産女を描いているように、折口も産女と産神との関連を指摘しながらも、(8)結局のところ、怪物や精霊の域を出ることはなかった。だが産女こそがその名の通り、貴種に神としての力を授け、天皇として誕生させる《産女》の痕跡を留めているると思われるのである。

『今昔物語集』の産女譚では、季武が抱いた赤ん坊は木の葉となるだけで、抱いた意味は見いだせない。それに対して昔話などが伝える産女譚は、子供を抱いてくれと頼まれた男が次第に重くなるのに耐えて子供を抱き続けると、お礼に産女が望みを叶えてくれるというので、男は強力《ごうりき》を手に入れる、という内容である。ただし、産女が男に授与するのは強力に限ったわけではなく、金とどちらかを選ばせるパターンもみられる。金が登場してくるのは貨幣経済の浸透とともに強力の果たす役割が曖昧になって、より現実的な価値へと移行したものと考えられる。

したがって本来の産女譚は、産女が差し出す子供を抱いた者に強力を授ける話であったと想定され、『今昔物語集』の場合は、すでに勇者であった平季武の胆力を賛える話へと作り変えられたために、強力の授与という肝心な要素が消えてしまい、赤ん坊は落ち葉になるという怪異譚で終わったものと思われる。

では、なぜ産女が水の神に関わる女性と言えるのだろうか。その理由として、次の二点を指摘したい。

① 産女が河の中に出現する点

産女の初出例である『今昔物語集』では産女は河の中に出現しているのだが、「ウグメ」と呼ばれる舟幽霊や海で死んだ者の霊に関して、柳田國男が「この赤子を抱いた精霊《しょうりょう》が、浜や渚に現れることが多かった」(9)と説明しているように、産女は水辺に縁の深い存在であったと考えられる。

一方で昔話などでは、産女は便所か墓場に出現している。

便所の場合は、便所の別名である厠《かわや》の語源の一つが――河のほとりに設けられた小屋――

ということと関わって、本来の居場所である河から、より恐怖の対象である便所へと移行したものか、あるいは「出産という異界から此の世への赤子の出現の媒介をなす」[10]厠神の性格と関連し、正月前後の年取り行事などと習合したものだろうか。この問題については明確な答えは出せない。もし産女を水の神に関わる女性とみることが可能なら、イザナミがカグツチを生み亡くなる時に、小便が水の女神である罔象女《みづはのめ》、大便が土の女神である埴山姫《はにやまひめ》になったとする伝承（『日本書紀』第四の書）と関わるのかもしれない。

また墓場については、水の神との関連は見いだせないが、『今昔物語集』作者と同様の――産女は死んだ妊婦の幽霊――という理解から生じた場の設定だと考えられる。

②　男が手に入れた強力が、蛇の力に置き換えられている点

『日本昔話大成』が「産女の礼物」として上げる例話では、男が産女から力を貰った帰り道に、小さな蛇が出て来て男の足の親指を呑み、強い力で引きずってゆく。男は蛇を殺し家に帰った後、蛇の力を綱引きによって確かめると、七十五人力であったとしている。[11]産女が授けた強力を直接人間との力比べとしないで、わざわざ蛇の力に置き換え換算するということは、その力は水の世界に関わる力ということを象徴しているのではないだろうか。

さらにこの話の類話として、淵に沈む観音像を取り除いてくれた男茗荷《みょうが》に、礼として千人力を授ける乙姫の話（和歌山県有田郡）もあり、産女と乙姫とが重なっているのである。以上いささか心もとない根拠ではあるが、産女の正体を《水界の力を男に与える女性》とみて、以下の考察を進めてゆきたい。

では産女が授ける、蛇に置き換えられていた力とは何であろうか。

この産女同様に、男に強力を授ける存在として知られているのが、『古今著聞集』が伝える高島の大井子《おおいこ》の話である。相撲人佐伯氏長に力を授ける大井子が、水の世界に関わる女性であることは、すでに指摘されている(12)。しかも初めて示される彼女の力は、

大井子、夜に隠れて面の広さ六、七尺ばかりなる石の、四方なるを持て来たりて、かの水口に置きて、人の田へ行く水をせきて、我が田へ行くやうに横ざまに置きてければ、水思ふさまにせかれて、田うるほひにけり(13)。

と自らの田へと水をもたらす力、すなわち豊作を招来するために水をコントロールする力として発現している。

この力の発現の仕方は、道場法師が示した、「亦百《またもも》たり余り引きの石を取りて、水門を塞ぎ、寺の田に入る」と同じである（『日本霊異記』上巻第3話）。道場法師は、「金の杖」に堕ちた雷によって農夫に授けられ、頭に蛇を巻きつけて誕生したように、雷神の血と力を受け継いだ存在であり、その力はその孫娘へと継承されている（中巻第4・27話）。その孫娘の力は田の水とは関わりなく発現しているものの、産女の力が娘にだけ伝わり、人が入浴している風呂桶を担ぎ上げたり、五寸釘を抜き差ししたりと語られる娘の逸話に重なってゆくだろう。

そして問題となるのが、道場法師の授け親である雷が、人の前に「小子《ちひさこ》」として出現している点である。同じ『日本霊異記』第1話に描かれる、少子部の栖軽に捕えられた雷も「小子」とは表現されないものの、同様の姿と考えられる。また、天狗に捕まり比良山の洞窟に閉じ込められた満濃池の龍が、水瓶の水を与えられ甦ったときに、

忽《たちまち》ニ小童ノ形ト現ジテ、僧ヲ負ヒテ、洞ヲ蹴破リテ出《い》ヅル間、雷電霹靂《へきれき》シテ、空陰リ雨降ル事甚《はなは》ダ怪シ。（『今昔物語集』巻二十ノ11話）

と、童子として現れ大雨を降らしている。つまり、雷や龍といった水の神に関わりの深い存在

は、《小さな姿》で人の前に出現しているのである。[14] それが、道場法師の有する力が一家族の中で最も小さな存在である「孫娘」へと受け継がれてゆく理由であり、産女が抱く子供も同様の存在と考えられるのである。したがって、産女が赤ん坊を男に渡すことで、男は雷や龍といった水の神の力に繋がる強力――田への水をコントロールする力を手に入れるのであった。

こうして産女を水の世界の女性と捉えることによって、彼女達の果たした役割も明白になるだろう。すなわち彼女達は水の神の有する力、それは稲作の豊穣を招来する力であり、穀物王としての天皇にとって最も必要不可欠な力であったが、その力を天皇に授け、水の世界へと帰ってゆくのである。そして、天皇はその力を得ることによって現人神となってゆくとともに、豪雨や旱魃をもたらす水の神そのものに対抗する力の所有者となるために、二柱の神の間で彼女達は引き裂かれるのであった。

サホビメの場合も、垂仁天皇に皇子ホムチワケを差し出す姿が産女の姿に通じているとともに、彼女が持つ紐小刀が天皇の夢に蛇と現れたように、彼女が固く結んだ小佩《おひも》もまた蛇を象徴しているのかもしれない。その是非はともかくも、サホビメは小佩を力を込めて結ぶことによって、天皇に水の神の力を授けたのであった。

その3　橋姫の誕生

『日本昔話大成』が産女の話として上げている類話の中に、蛇の崎橋のたもとで赤ん坊を渡す話（秋田県平鹿郡）があるとともに、柳田國男が橋姫の例として挙げている国玉《くだま》大橋の女は産女の姿を見せていて、(15)両者が重なっていることがわかる。それは強力の女、高島の大井子が、石橋のたもとで「川の水を汲みて、身づからいただきて行く女」として登場していることからも窺え、橋姫もまた水の世界の女性の一人と言えるのである。

ところで橋姫について考察するとき、最も問題となるのがその多様な話柄である。男を待つ女から鬼女、そして人柱まで、一見すると何の繋がりもない話がどれも〃橋姫〃と呼ばれているのである。だがその基盤に【図Ⅰ・Ⅱ】で示した、水の世界の女性の在り様を据えることで、多様な〃橋姫〃を一つのものとして捉えることが可能となる、と思われる。

そこで一つずつそれを確認してみよう。

先ずは、宇治の橋姫を詠んだ『古今和歌集』の歌である。

さむしろに衣片敷《ころもかたし》きこよひもや　我を恋ふらむ宇治の橋姫　（689番歌）

『袖中抄《しゅうちゅうしょう》』はこの歌に関して、

宇治の橋姫とは姫大明神とて、宇治の橋の下におはする神を申すにや。其の神のもとへ離宮と申す神、毎夜通ひ給ふとて、其の帰り給ふ時のしるしとて暁ごとに宇治川の浪のおびたたしく立つ音のするぞと申し伝へたる。（中略）隆縁と申し侍りし僧は、住吉の明神の、宇治の橋姫を妻として通ひ給ひし間の歌なりと申しき。(16)

としていて、宇治の橋姫は、離宮と住吉明神という二柱の水の神に仕える姿をみせている。特に離宮が「宇治橋の北におはする」(17)とされている点に、サホビメ・サホビコの場合との類似点、すなわち水の世界の女が二柱の神に仕え、しかも男の一方が同族という点が指摘できるだろう。

さらに、この宇治の橋姫を詠んだ「さむしろに」の歌は、次の二首とも関連があるとされている。

忘らるる身を宇治橋のなか絶えて人もかよはぬ年ぞ経にける　（825番歌）
ちはやぶる宇治の橋守汝《なれ》をしぞあはれとは思ふ年の経ぬれば　（904番歌）

これらの歌について吉海直人は、「この三首の背景に『待つ女・通わぬ男・年月の経過』という悲恋の輪郭が把握できた」としている。(18) もし、この三首から想定される橋姫を、《橋のもとで長い間男の訪れを待つ女》とするなら、『袖中抄』の橋姫とは逆に、男一人対女二人の三角関係が想定されるとともに、橋姫が男に愛されない理由として、マトノヒメ同様の醜貌が思われるのである。(19)

というのも、屋代本『平家物語』剣巻が伝える宇治の橋姫の物語では、「公卿ノ娘」が自分を裏切った男と女を取り殺すために、貴船神社に籠って鬼になりたいと祈願した結果、神の託宣を受けて、

長ヤカナル髪ヲ五ニ分ケテ、松ヤネヲヌリ巻上ゲテ、五ノ角ヲ作リケリ。面ニハ朱ヲサシ、身ニハ丹ヲヌリ、頭ニハ金輪ヲ頂キテ、続松《たいまつ》三把《ば》ニ火ヲ付ケテ中ヲ口ニ喰ハヘテ、（中略）カクシテ宇治ノ河瀬ニ行キテ三七《さんしち》日浸リケレバ、貴船大明神ノ御計ヒニテ彼ノ女、生キナ

ガラ鬼ト成リヌ。[20]

と、鬼女としての橋姫の姿を伝えているが、この橋姫が鬼となる理由も、同様にその醜貌にあると思われるからである。

　橋姫を鬼と化身させる貴船神社の祭神は高龗《たかおかみ》・闇龗《くらおかみ》とされる水の神であり、その神の託宣のもと二十一日間水に浸かり続ける姿は、醜貌ゆえに入水する「弟比売」の姿と重なってゆく。つまり、前に上げた四角関係の【図Ⅱ】における「弟比売」を橋姫とすることで、「兄比売」と天皇に相当する、男一人対女二人の三角関係が生まれるのである。そしてここに、「鬼　しこめといふ」（『俊頼髄脳』異名）とある、鬼＝醜女という伝承を加えることで、醜貌ゆえに捨てられた女が水の中で鬼に変化《へんげ》し、自分を捨てた男とその相手の女に復讐する、という新たな物語が誕生したと考えられるのである。

　それを図示すると次のようになる。

図Ⅲ

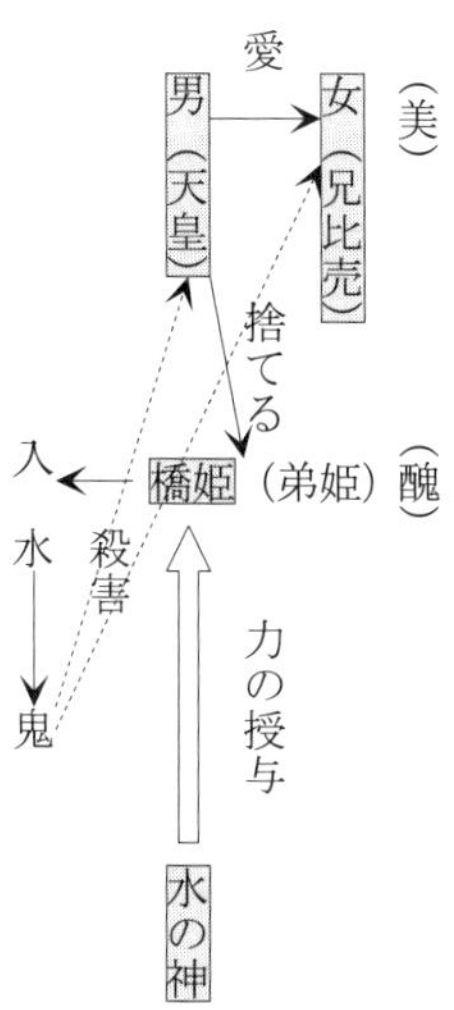

こうしてさまざまな橋姫の物語が発生する基盤に、【図Ⅱ】で示した水の世界の女性を巡る男女関係を想定することによって、男一人対女二人、男二人対女一人といった組み合わせを変えた三角関係の物語を捉えることが可能となる。しかも、それぞれの物語の内容も人物関係の愛情と憎悪とで、全く違う内容となるのである。

たとえば『袖中抄』が「奥義抄云」として載せる「橋姫の物語」をみると、二人の妻を持つ男が本妻の求めに応じて「七色の」和布《わかめ》を取りに行き、「龍王に取られて失せ」た後、本妻が尋ねて行くと、男が海の中から現れ、「さむしろに」の歌を詠む。それを聞いて今の妻が尋ねて行くと、男が同じ歌を詠んだために、今の妻が襲いかかると消えてしまった、という内容である。

ポイントは男が龍王に捕えられる点だろう。なぜ龍王（＝水の神）が登場しなければならないのか。それは本妻が橋姫と置かれたために、男と水の神とが重ねられて、男一人（＝水の神）と女二人（橋姫ともう一人の女）という三角関係の物語が誕生したのであり、恨んだ今の妻が男に襲いかかるという点は、『平家物語』の橋姫と重なってゆくのである。

さらに宇治ではなく長柄の橋の橋姫に関しても、同様の関係を当てはめることが可能である。(21)この橋姫は架橋のために夫と子供の一家三人で長柄の橋の人柱となるのだが、それは女一人（＝橋姫）に男二人（水の神と夫）の関係であり、女は、荒れる水の神を慰藉するために、夫として選んだ男を人柱に捧げて、自らも幼児を連れた産女の姿で入水するのである。しかし人柱伝説と水の世界の女性との繋がりが見えなくなったために、男の死ぬ理由を説明する手段として、男が自ら人柱になる言葉を口にしたといった、「雉も鳴かずは捕られまじ」式の教訓譚へと変化していったものと考えられる。

同様に水の世界の女性との繋がりが見えなくなっている話に、『今昔物語集』巻二十七ノ22話が伝える橋姫の説話がある。

紀遠助《きのとほすけ》という男が勢田の橋を渡る際に女から、「此の箱、方県《かたかた》の郡の唐の郷《さと》の段の橋」の女に渡してほしいと頼まれる。美濃に到着した遠助は渡すのを忘れて家に戻ると、妻がその小箱を他の女へのプレゼントと誤解して開けてみると、「人ノ目ヲ捷《くじ》リテ数《あまた》入レタリ。亦男ノ閛《まら》ヲ毛少シ付ケツツ多ク切リ」入れられていた。慌てて遠助が段の橋の女に届けるものの、中身を見たことがばれて遠助は亡くなる、という内容である。

この怪談の原《もと》の形を示すのが、昔話「沼神の手紙」である。(22)

東の沼に住む妹が、沼の草を刈る男の殺害を姉に手紙で依頼する。それを読んだ和尚が、金の臼を与える内容へと手紙を書き変える。そのお蔭で長者になった兄を羨んで臼を貰い受けた弟が焦って回すと、臼は沼の底に沈んでしまった、という内容である。

沼の主とされているこの話の姉妹に、水の神の力を男に与える姉と、醜貌ゆえに捨てられ殺意を抱く妹という、水の世界の姉妹の構図を当てはめることは可能であろう。その結果水の神が登場する代わりに、兄と対立する存在の弟の手に入れた臼が、水の中に沈んでゆくのだ、と考えられる。

したがって、遠助の話に登場した二人の橋姫も水の世界に関わる女性達であり、遠助が託された小箱の中の品をお礼の品へと読み換えてくれる存在が妻でしかなかったために、殺意を翻すことができないままに、遠助は殺されたのである。そのため『今昔物語集』作者も「女ノ常ノ習ヒトハ云ヒナガラ、此レヲ聞ク人皆此ノ妻ヲ憖《にく》ミケリ」と妻の嫉妬心を責めることになったのである。

遠助に託された小箱の中身が男性器と眼球という、男への激しい恨みを象徴しているのは、鬼女となる橋姫同様、男に翻弄される立場の、水の世界の女性達からの叛乱であろうか。時代が下がるとともに女性が強くなって、次々と怪談話を誕生させるのであった。そして、これがさらに形を変えて伝承されてゆき、お岩・お菊・累の怪談へと繋がってゆくのである。

おわりに

以上、垂仁天皇后サホビメと、彼女の代わりに召された姉妹の物語を手がかりにして、水の神に関わる女性達を――水の神の有する強力を天皇に授け、再び水の世界へと帰ってゆく女性――と想定した上で、そこから誕生した醜女マトノヒメの入水譚、そして、水の神の力を象徴する赤ん坊によって強力を授ける産女譚、さらには水の世界の姉妹を巡る男女関係の中から誕生して、さまざまな展開をみせる橋姫の物語と考察してきた。

一見直接の繋がりがないようにみえる、醜女・産女・橋姫の物語。だが、その根底に水の世界との関わりを据えることによって、全てが一つに繋がったものとして捉えることが可能となったのである。しかもその水底はとても深いので、まだまだ同様の存在を発見できそうであるが……。

注

（1）本文は、新潮日本古典集成『四谷怪談』（1981年8月）により、表記などは私意により適宜改変した。以下に続く、他の引用本文に関しても同様である。

（2）『折口信夫全集』2（中央公論社　1995年3月）所収。

（3）折口名彙解説「水の女」（西村亨編『折口信夫事典』大修館書店　1988年7月）。

（4）『大日本仏教全書』寺誌部2（1972年8月）所収。

（5）小学館新編日本古典文学全集『古事記』（1997年6月）頭注による。

（6）注（2）と同じ。

（7）「小栗外伝」注（2）と同じ。なお傍線は原文のままである。

（8）「手帳　血及び生産の話」の中で、さまざまな産女の可能性を示唆している（『折口信夫全集』35　中央公論社　1998年12月）。

（9）「妖怪談義」（定本『柳田國男集』第四巻　筑摩書房　1968年9月）所収。

（10）飯島吉晴『竈神と厠神』（人文書院　1986年3月）Ⅱの第1章第5節から引用する。

(11)『日本昔話大成』第7巻（角川書店 1979年2月）。また『宇治拾遺物語』第177話には、相撲取りの経頼が沼の大蛇と力比べをして破った後、同様に綱引きで蛇の力を確認している。
(12) 原田敦子『古代伝承と王朝文学』（和泉書院 1998年7月）第1章第3節を参考にした。
(13) 第337話。本文は、新潮日本古典集成（1981年8月）による。
(14) 水界に関わる小童については、石田英一郎『桃太郎の母』（講談社 1966年10月）が詳しく述べている。
(15)「橋姫」（定本『柳田國男集』第五巻 筑摩書房 1978年11月）所収。
(16) 本文は、『日本歌学大系』別巻二（風間書房 1958年11月）による。
(17)『顕注密勘抄』（『日本歌学大系』別巻五 風間書房 1980年11月）。
(18)「國學院大學大学院紀要―文学研究科―第13輯」（1981年）。
(19)『御伽婢子《おとぎぼうこ》』は「世に伝へて云ふ、橋姫は顔かたちいたりて醜し。この故に終に配偶なし」とする。
(20) 本文は、『屋代本平家物語』下巻（桜楓社 1973年5月）による。なお、ここで女が真っ赤な身となり、水の中で鬼になるというのは、前に上げた罔象女と埴山姫との関係を思わせる。
(21)『神道集』「橋姫明神事」（『神道大系』文学編一 1988年2月）。
(22)『日本昔話大成』第6巻（角川書店 1978年11月）。

第7章　山蔭中納言と天の羽衣

はじめに

前章で確認した水の世界に関わる女性達。言うまでもないことだが、彼女達の果した役割は史実に確認できるものではない。あくまでも中世の説話から帰納された姿であり、始原の王の在り様への幻想に過ぎない。だがここで一人の男性に焦点を当てることにより、水の神の力を天皇へと授ける痕跡を現実世界に求めることができるのではないか、と思われるのである。

それが山蔭《やまかげ》中納言と呼ばれた、藤原山蔭である。というのも、彼の名が大嘗祭の一場面、廻《かい》立殿《りゅうでん》での沐浴の神事において、「御湯殿に奉仕するところの人、殿上四位一人、六位一人並びに山蔭卿子孫の人に触ること」（『江家次第』1111年までに成立か）[1]として登場してくるからである。一方で『江（家）次第抄』（一条兼良著）は、六月に行われる神今食《じんこんじき》の説明として、次のように述べている。

或抄に曰《い》はく、「御浴に供奉《ぐぶ》の蔵人、山蔭中納言の子孫を用ふべし。若《も》し其《そ》の人無くんば、則ち外戚の人之を得て、頭並びに五位蔵人、皆彼の中納言の苗裔《びょうえい》を用ふべし。御湯の役人、表衣下襲等を脱ぎ明衣《あかはとり》を著《ちゃく》す。主上《しゅじょう》、御天の羽衣（御湯帷《ゆかたびら》也、縫殿寮献《たてまつ》る所）を著し、御槽《おけ》に下る。先づ御湯を以て、神殿の方に向かひ、七度之を灑《そそ》ぐ。次に三杓令御（不明）、即ち槽の中に於《おい》て羽衣を脱ぎ、更に内蔵寮献る所の御湯帷を著し、自ら槽より登り給ふ。[2]

ここに引かれている「或抄」に当たるとされる『建武年中行事』（1335年前後成立か）でも、

山蔭の中納言の子孫なる蔵人、御湯の事をつかうまつるなり。その人なければ、外戚にも末なる又得たり。頭もしは五位の蔵人の中、これも山蔭の末、御湯殿に参る。[3]

として、湯殿における天皇沐浴に際して、「山蔭の中納言の子孫」が「御湯殿人」として供奉することを伝えているのである。

山蔭自身は天長元（824）年に生まれ、貞観十七（875）年蔵人頭、元慶五（881）年に左大弁と播磨権守を兼ね、仁和二（886）年に中納言、そしてその二年後に六十五歳で亡くなっている。したがって彼の子孫が「御湯殿の儀」に供奉し始めたのは、平安時代中期、西暦900年以降ということになる。ただしわざわざ「子孫」と断っているので、時代はさらに下る可能性が高いだろう。古代にはなかった、この新たな条件を付与したのはなぜなのだろうか。

山蔭の子孫達の簡単な系図を次に掲げよう。

高房——山蔭
- 有頼
- 公利
- 遂長
- 言行
- 兼三
- 中正——時姫——詮子
- 如無——在衡
- 女子

この中で注目すべきは、やはり六男中正の娘時姫が、藤原兼家との間に詮子を生み、彼女が円融天皇の后、一条天皇の母となったことであろう。『大鏡』は山蔭が創建した吉田神社に関して、次のような逸話を載せている。

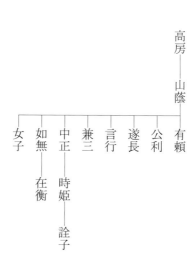

この吉田明神は、山蔭中納言のふりたてまつり給へるぞかし。御まつりの日、四月下の子・十一月下の申の日と定めて、「わが御族に帝・后の宮立ち給ふものならば、公祭になさむ」と誓ひたてまつり給へれば、一条院の御時より、公祭にはなりたるなり。(4)

まるで『源氏物語』に登場する明石の入道を思わせる話だが、山蔭が没してから百年後の一条天皇即位とともに、吉田神社において官祭が斎行されるようになった事実を基に語られており、山蔭の曽孫皇太后宮詮子――玄孫一条天皇の御世において山蔭一族が政治的力や優遇を得たのは確かであろう。(5) だがそれだけでは彼らが国家祭祀における沐浴の秘儀に限定して奉仕する理由にはならないだろう。

というのは、寛治元(1087)年堀川天皇の大嘗祭に際して、『中右記』著者藤原宗忠は、山蔭中納言から五代末に当たる「藤原盛房」が着任早々供奉することに触れて、「是、山蔭中納言の子孫に触るるの人、此の事に勤仕する云々。若《も》し是何の故か、之尋ね知るべし(6)」と述べている。つまり、この時点ですでに着任理由が不明なまま、沐浴供奉の勤めだけが定着していることがわかるのである。そこで本論では政治的状況とは全く異なる方向から、この問題にアプローチしてみたい、と考える。

その1　大嘗祭・新嘗祭・神今食

山蔭の子孫が携わるのが大嘗祭あるいは新嘗祭、そして神今食に際しての沐浴に限定されているので、先ずこの三祭について確認しておきたい。

先ず大嘗祭と新嘗祭については、『代始和抄《だいはじめわしょう》』（一条兼良著）が、

> 大嘗会は一代一度の大神事なり。令書にはおほむべと訓ぜり。毎年に行はるるをば、是を新嘗会といふ。新嘗の二字、日本紀にはにゐなめとよめり。嘗はなむるなり。新穀をなめむとしてまづ神祇にこれを供ずるを嘗の祭といふ。(7)

と説明している通り、毎年新穀を神に供するとともに、天皇自らも食するのが新嘗祭であり、それに対して天皇が即位した際にだけ行われる新嘗祭が大嘗祭であり、斎行するに当たっては大嘗宮として悠紀殿・主基殿が新たに設けられ、豊明節会に至るまで四日間に渡って国家祭祀

として催される一大神事である。両祭の起源に関しては、折口信夫が、

古代ではすべて、大嘗であつて、新嘗・大嘗の区別は、無かつたのである。何故かと言ふと、毎年宮中で行はれる事は、尠くとも御代初めに、行はれる事の繰り返しに過ぎない、といふ古代の信仰から考へられるのである。(8)

と述べているように、天皇即位に際しての践祚大嘗祭がそもそもの始まりであったと考えられる。

一方新嘗祭と神今食については、『寛平《かんぴょうの》御《ご》遺誡《ゆいかい》』が「新嘗祭、神今食、幷《ならびに》九月伊勢御幣使日、必八省・中院に幸し、以て其の儀を行ふべし」(9)とするように、どちらも天皇自ら中和《ちゅうか》院《いん》神《しん》嘉《か》殿《でん》に赴いて夜半に催される祭祀であるとともに、「今夜新嘗の祭なり。神今食におなじ。平手の数十二なり。その外変はらず」(『建武年中行事』)と述べられているように、旧穀・新穀と神酒の有無の違いはあるものの、夏冬半期ごとに半数ずつの神饌が神に供される神今食に対して、新嘗祭は秋に一度に供されるだけで、その祭式構造は同じとされている。もちろんそれぞれに付帯・連続する祭儀のコンテキストにおいてみたときは、小松薫が述べているように、

新嘗祭は「律令国家の統治者天皇が官人を率い、親しく斎行する国家的収穫祭ともいうべき祭祀」であるのに対して、神今食は「天皇家の祖霊祭」であり、その意義は異なるだろう。[10]だが、ここでは山蔭中納言の子孫が沐浴に関わることを問題とするので、両祭の意義・目的の違いは問わないものとする。

したがって、これら三祭は大嘗祭を始原として同一の構造、及び《神饌を神に親供するとともに、天皇自らも食する》という同一の目的で行われる祭祀であった。

では、神饌を供される祭神はいずれの神であろうか。

中世の資料である『代始和抄』は「天照おほん神をおろし奉りて」として天照大神とする。岡田莊司も天皇の着座の方向から「必ずや伊勢に坐す皇祖神天照大神を祭神と考えていたものといえる」とした上で、天武天皇の事績をもとに「大嘗祭成立期から、祭神は一貫して天照大神であったと断定してよいだろう」と主張する。[11]それに対して森田悌は、「奉拝」と「奉迎」は異なるとして、「稲の育成や豊穣に力のあった稲魂の如き神霊であった」とする。[12]確かに、大嘗宮に設けられる神座（寝座）に置かれる「御沓」の存在は、《歩く神》の姿をとどめ、たとえば筑波山を訪れる「神祖《みおや》の尊《みこと》」（『常陸国風土記』）のような、異人歓待譚に登場する《訪れ来る神》の姿を彷彿させる。そのためか、山蔭中納言の子孫が沐浴に供奉した平安時代中期において、祭神を天照大神と明記する記録はない。だが一方で、『代始和抄』を初めとする中世の資料が天照大神を祭神としている点を鑑みて、この論では天照大神を祭神として以下考察してゆくこととし、その妥当性を検証してみたい。

その2　天の羽衣

そこで山蔭の子孫が天皇の沐浴に供奉する様子を、最も詳細な『江記　天仁元年大嘗会記』によりもう一度確認してみよう。

時刻、主殿寮《とのもりょう》、御湯を供し、先ず下に水を取り、次に御湯七度入れる。次に御湯殿人顕《あき》隆《たか》右手を以て御湯を合わせ、神殿の方に向ひ御湯を七度攪《か》き遣《や》る。次に蓋《ふた》を張る。次に御湯之を取る由を奏す。主上渡御《とぎょ》す。次に蓋を撤《のぞ》き、主上、御帷《かたびら》を着ながら、御槽に下らしめ給ふ。（中略）次に御背を三度摩で奉り、次に御帷を槽中に於いて脱ぎ捨て、他の御帷を着て拭ひ御《おは》す。次に御河薬《かはぐすり》を供す。[13]

ここで湯殿人を勤めている藤原顕隆は、六代前の先祖に当たる朝頼の母が山蔭中納言の娘であり、まさに「山蔭中納言の子孫」として供奉して、湯帷子を着たまま入浴した天皇の背中を三度撫でている。

この顕隆の行為を理解する前提として、天皇が沐浴する意味を確認する必要がある。神事を前に沐浴潔斎するのは通常の行為であるが、「天の羽衣」と呼ばれる湯帷子を着たまま沐浴し、そして湯の中でそれを脱ぎ、また身に着ける行為が問題となるだろう。

湯帷子として天の羽衣という名称が初出するのは『西宮記《さいきゅう》』（984年までに成立か）であり、古式を伝える『儀式（貞観）』（873～7年成立か）や『延喜式』（927年成立）は沐浴の詳しい内容には触れていない。したがって、大嘗祭のいつの段階からこの帷子の名があったのかは明らかにできない。だが山蔭中納言の子孫が供奉した時代には、それに呼応するかのようにこの名が登場していることは確かである。[14]

では天の羽衣とは何か。高取正男が、「それを身につけるとつけたものが聖性を獲得する浄衣であり、聖なる戒衣、忌衣というべきもの[15]」と述べるように、それが特別の意味を持つことは言うまでもないだろう。そこで天の羽衣が実際に登場している他の例を確認してみよう。[16]

まず「天の羽衣」という正式名称に限ると、『伊勢物語』などで歌の中に登場しているものの、実際に天の羽衣を身に着けているのは『竹取物語』の主人公かぐや姫と、『帝王編年記』（元正天皇養老七年）が伝える「伊香小江《いかごのおえ》」の天女だけである。

まずかぐや姫は、別れの文を天皇へと送った後、

ふと天の羽衣うち着せたてまつりつれば、翁を、いとほし、かなしと思《おぼ》しつることも失せぬ。この衣着つる人は、物思《おも》ひなくなりにければ、車に乗りて、百人ばかり天人具して、のぼりぬ。

と、天の羽衣を着ることで「月の都の人」となって月へと帰ってゆく。

一方「伊香小江」では「天の八女、倶《とも》に白鳥と為りて」、天より「江の南の津」に降り、「神人」の姿で水浴びをしているときに、天の羽衣を盗み取られたために飛翔できず、盗んだ男と結婚して子供を設けるものの、「天の羽衣を捜し取り、着て天に昇」ってゆく。(17) この話は昔話の天人女房譚の前半部と同じであり、天の羽衣は白鳥へと変身するための衣となっている。それに対して、同じ天人女房譚である三保の松原の話（『本朝神社考』巻五）では、「昔神女有り、天より降り来て、羽衣を松の枝に曝す」と「羽衣」とだけ呼ばれて、鳥への変身は語られない。(18)

さらに「衣と裳《も》」と表現されるのが、奈具社の祭神豊宇加能売《とようかのめ》の縁起譚（『丹後国風土記逸文』）である。[19] この話では「衣と裳あるは皆天に飛び上がり」とあって、衣と裳そのものに飛翔能力があるかのような語り方である。この「衣と裳」ということでは、『年中行事秘抄』が次のような話を載せている。父のもとへと昇天した「天神御子（別雷神）」を恋慕う母の玉依姫の夢に当人が現れ、「各々吾に逢はむとせば、天の羽衣・天の羽裳を造り、火を炬《た》き鉾《ほこ》を祭り之を待て」[20]（賀茂大神の条）と告げる。これについて伴信友は、「羽衣・羽裳を天上にて着具へて降り給はむ事」[21] と説明する。したがって奈具社の天女が着る「衣と裳」も、「天の羽衣」の一形態と考えて良いだろう。

以上これらの話からわかるのは、「天の羽衣」と明示された場合は変身機能を示し、そうでない場合――「羽衣」・「衣」の時は直接の飛翔が語られている、ということである。

そこで先ず、天の羽衣による変身を説くのは折口信夫である。折口はその論考「水の女」においてて次のように説明する。[22]

天の羽衣や、みづのをひもは、湯・河に入る為につけ易《か》へるものではなかつた。湯水の中でも、纏《まと》うたまゝ這入る風が固定して、湯に入る時につけ易へる事になつた。近代民間の湯具も、此である。其処に水の女が現れて、おのれのみ知る結び目をときほぐして、長い物忌みから解放するのである。即此と同時に神としての自在な資格を得る事になる（傍線部は元のまま・私注）。

つまり、天皇は天の羽衣を着て沐浴し、「水の女」がそれを脱がすことで、天皇は物忌みから解放されて神の資格を得ると言うのである。ここで「長い物忌み」というのは、折口の別の論考「大嘗祭の本義」において、

天子様と為るための資格を完成するには、外の日に身体をさらしてはならない。先帝が崩御なされて、次帝が天子としての資格を得る為には、此物忌みをせねばならぬ。(23)

と説明される、大嘗宮の神座（寝座）において「真床襲衾《まとこおぶすま》」を被って行われる秘儀のことである。そして「真床襲衾」を「取り除いた時に、完全な天子様となる」として、それが「水の女」において述べられた「即此と同時に神としての自在な資格を得る事になる」に相当することになる。

つまり折口は「神女の手で、天の羽衣を著せ、脱がせられる神があつた」として、天の羽衣の着脱を通して天皇は「完全な天子様」になるとするのである。それは山折哲雄も同じであり、「衣替えによる神への変身を、御湯殿でおこなうのである」(24)とする。

ただし折口の説によれば、廻立殿での沐浴は大嘗宮での本祭の前の潔斎ではなく、大嘗宮における「真床襲衾」の秘儀の後に行われる、最も肝要な儀式ということになる。そのため折口は、

大嘗祭の時には、廻立殿をお建てになるが、恐らく此が、天子様の御物忌みの為の御殿ではなかつたか、と考へられる。此宮でなされる復活の行事が、何時の間にか、悠紀・主基の両殿の方へも移つて行つて、幾度も此復活の式をなさる様になつたのであらう。

と無理な説明を繰り返すことになる。

一方で、天の羽衣を「天を飛行できる衣の意であり」とする西郷信綱は、「それを身につけると空を自在に飛行できるものと考えられていたはずである」として、

脱ぎすてようと、脱ぎすてまいと、小忌《おみ》の湯において一たびこれを身に着けることにより彼は今や天界の人となったのである。(25)

と述べ、天の羽衣を着ることによって天皇は象徴的に天界へと飛行するとする。だが天皇が実際に飛行するはずはないから、「大嘗祭は地上での祭ではなく、高天の原の行事であった」として、大嘗祭＝高天の原説を展開することになる。だがもし羽衣が本来的に飛翔機能を有するのなら、かぐや姫に「飛ぶ車」は必要なかっただろうし、「天界の人になる」というなら、むしろ羽衣に変身機能を認めるべきだったのではないだろうか。いずれにせよ、西郷によれば、天界の人となった天皇は「直ちに天照大神と共食共床の関係に」入り、「祖神と共食することによって、瑞穂の国の君主としての豊饒呪力を身につけ」、神座に臥すことで「天照大神じきじきの子となり、つまりは日本国の支配力を持つ君主として再誕した」と主張するのである。

その3　豊受大神《とようけのおおかみ》

折口信夫も西郷信綱も天の羽衣による変身を主張する点は同じだが、着脱に関して正反対の立場に立つ。垂仁天皇の后サホヒメとの関連から脱ぐことに執着する折口だが、『江記』などの資料が「御帷を槽中に於いて脱ぎ捨て」とあるように、確かに天皇は湯船の中で天の羽衣を脱ぐ。だが同時に「他の御帷を着て拭ひ御す」とあり、この他の帷子について『兵範記』は「先づ是に内蔵寮《くらりょう》天の羽衣二領を供す。一領は着御《きおは》して御湯船に入らしめ、一領は上がらしめ給ふの時着御す」[26]と説明する。つまり濡れた状態のまま上がれないので、濡れた衣は脱ぎ、もう一枚の天の羽衣で体を拭いた上で、それを着て湯船から出たのである。それは見方を変えると、沐浴中はずっと天の羽衣を着ていたことを意味しないだろうか。

一方で「脱ぎすてようと、脱ぎすてまいと」と随分と乱暴な物言いをする西郷は、なぜ天の羽衣を着て沐浴しているのかについては何も言及していない。天界の人になって本祭に臨むというなら、むしろ沐浴の後に身に着ける「御斎（祭）服」こそが天の羽衣にふさわしいと思われる。

したがって、折口も西郷も自らが主張する「真床襲衾」の秘儀と結びつけようとするあまりに、沐浴の実態を十分に踏まえていないとともに、悠紀殿・主基殿において沐浴及び秘儀を二度繰り返す意味を明確に説明しているとは言い難い。しかも二人ともに「山蔭中納言の子孫」が沐浴に供奉することに関しては一切何も触れていないのである。

一方、そのことに触れる保立道久は、

天皇は山蔭子孫たちによって羽衣を着させられることによって、大嘗祭や毎年の神今食の場で「羽化登仙」の力を獲得したことになるだろう。(27)

とするものの、天皇の「羽化登仙」に関しては、西郷の説と同じ問題が生じることになる。そこでもう一度天の羽衣について確認してみよう。変身の機能を持つ天の羽衣。それを着て神女・天女が天から地上へと舞い降り、脱いで沐浴した結果、そのまま地上の人となる。それに対して地上の人である天皇が天の羽衣を着て沐浴するのは、神女・天女とは逆の行為をすることによって、神女・天女になったとみることはできないだろうか。というのも、天女の中に奈具社の祭神トヨウカノメ(豊受大神)がいるからである。

天女がトヨウカノメになる理由については本書第3章で詳しく論じたので、ここでは簡単に触れておく。本来の貴種流離・異人歓待譚は、対立者から迫害を受けた貴種が流離し、その流離先で異人であるにもかかわらず歓待された結果、神としての力を獲得して対立者を倒す、という形をとる。ところが天女には対立者が存在しないために、和奈佐老夫《おきな》・老婦《おみな》が養育者と迫害者を兼ねる形となり、歓待と流離が逆転した結果、流離の果てに天女が食物神になるのである。

この女神に関して『止《と》由《ゆ》気《け》宮《ぐう》儀式帳』（804年成立）は、次のような縁起を伝えている。[28] 雄略天皇の夢に現れた天照大神が、

> 吾、高天原に坐《いま》して見し、まぎ賜《たま》ひし処に鎮り坐しぬ。然るに吾一所のみ坐せば、甚《はなは》だ苦し。加えて以て大御饌《おほみけ》も安く聞こし食《の》し坐さず。故に丹波国比治の真奈井に坐す我が御《み》饌《け》都《つ》神《かみ》、止由気太神を我が許に欲す。

と託宣し、目覚めた雄略天皇は女神を招き、渡会《わたらい》の山田の原に宮処を定め、「是を以て御饌殿造り奉《たてまつ》りて、天照太神の朝の大御饌、夕の大御饌を日別供奉《タテマツル》」（ルビは元のまま）とする。つまり天女を天照大神の御饌都神として迎え、外宮での斎仕を始めたのである。そして六月・十二月の月次祭《つきなみまつり》、及び神嘗祭《かんなめのまつり》において「亥《い》の時に始まり、丑《うし》の時に至る。朝の大御饌、夕の大御饌二度間を置いて供奉。此を由貴と号す」としている。

この伊勢神宮で行われる三節（時）祭、すなわち月次祭（二日）・神嘗祭と、宮廷祭祀である

神今食・新嘗祭とを詳細に比較した小松馨は、

神今食・新嘗祭と神宮三節祭は対応関係にあり、祭儀構造もほぼ符合する。したがって、祭祀の性格や意義・目的も同様であったと思われる。(29)

と結論付けている。そして大嘗祭の悠紀殿についても、岡田莊司が、

悠紀（斎忌）は伊勢神宮の由貴大御饌供進の「由貴」に通じ、二度にわたる供膳の儀は、夕御膳と朝御膳を差し上げることに相応している。(30)

とする。つまり神今食・新嘗祭・大嘗祭における天照大神への天皇の親供は、伊勢神宮における豊受大神の朝・夕の由貴大御饌供進に相当するとみることができる。したがって、親供に先立つ沐浴も厳重なる浄化や潔斎のためではない。「吾一所のみ坐せば、甚だ苦し」き天照大神が「大御饌も安く聞こし食」すためには豊受大神が必要であり、そのために天皇が豊受大神へと身を変えた、あるいはその神格を持つ必要があったとみるべきではないだろうか。そして伊

勢神宮での朝・夕の由貴大御饌供進に対応しているからこそ、悠紀殿・主基殿での親供に先立ち同じ沐浴を繰り返さなければならなかったのである。

このように沐浴を捉える限りにおいて、その祭神は天照大神でなければならなかったのである。換言すると、平安時代中期において祭神が天照大神と確信されていたからこそ、この沐浴の形式が新たに確立し、そこに山蔭の子孫が立ち会ったということになる。ではなぜ彼らが関わったのだろうか。節を変えて検討してみたい。

その4　亀報恩譚

山蔭について近世の料理書『江戸流行料理通大全（初編）』は、奇妙な逸話を伝えている。

日本の料理庖丁の発《おこ》りの事――山蔭中納言、四條藤原の政朝卿は、日本料理幷《ならびに》庖丁の祖なり。何《いづ》れの慶賀にも鯉魚を職掌する事を第一と祝ひ給ふ。凡《およそ》魚として飛龍と成るによりて、高貴の祭とする事、鯉にかぎるなり。もとより鯉は中通りの鱗、大小にかぎらず三十六枚を具足せり。是を工夫し給ひ、鯉に三十六枚の庖丁を作り給ふ、彼卿の清光を尊み

て、世に四條流と号すとなり。(31)

すなわち山蔭を四條流庖丁道の祖とし、実際に四條流では光孝天皇の勅命を受け、山蔭が新たに庖丁式を定めた、とするのである。そして吉田神社でも新たに山蔭神社を設けて、彼を料理人の祖として祀っている。しかし歴史資料にその事実は確認できず、また「四條藤原の政朝」という名も全くの架空の名前であるので(32)、この伝承自体真偽が疑わしい。だが星田公一は「その経歴からして全く根拠のないこととも言えない」(33)として、この後述べる亀報恩譚との関連をみようとしている。

もし本当に山蔭が食物や料理に精通していたのだとすれば、彼の子孫が食物神である豊受大神の誕生に関わった理由も、それに尽きるのかもしれない。だが山蔭と料理の繋がりを史料に確認できない以上、その可能性を残しつつも、御饌都神誕生に関わったからこそ、この伝説が生まれ、「秘事口伝」(『代始和抄』)されたと考えたい。そこでもう一つの可能性、すなわち山蔭にまつわる著名な亀報恩譚について検討してみたい。

この報恩譚は様々な作品で言及されていて、大きく二タイプに分類できる。山蔭自身が亀を助けて、その報恩として息子如無僧都が救われる話（便宜上、如無命名譚と呼称する）は、『今昔物語集』・『十訓抄』・『宝物集』・『沙石集』などが伝え、山蔭中納言の父高房が亀を助けて、その報恩として息子山蔭が救われる話（便宜上、観音造立譚と呼称する）は『三国伝記』・『長谷寺観音験記』などが伝えている。

先ず如無命名譚のあらすじを、最も詳細な『今昔物語集』をもとに確認しておこう。(34)

山蔭は継母を信頼して息子の世話を任せていたが、太宰の帥《そち》として船で下る際、鐘の岬辺りで継母が「尿《ゆばり》ヲ遣《や》ル様ニテ」その子を海に取り落とす。一晩中探し求めた翌朝、「大笠許《ばかり》ナル亀ノ甲ノ上」に乗る子供を発見し大喜びの中、再び航海している時、山蔭の夢に大きな亀が現れ、かつて鵜飼のために釣り上げられていたのを助けられ「恩ヲ報ジ申サム」と願っていたことと、継母の悪だくみを教える。その教えに従い息子を継母から離して育て、任が終わり帰京すると、息子が一旦「無キガ如シ」であったために、如無と名付け法師にしたという、継子虐め・亀報恩・命名由来の話型がミックスした形となっている。

続いて観音造立譚を『長谷寺観音験記』により確認すると、(35)山蔭の父高房が山蔭を連れ鎮西へと下る途中、鵜飼から亀を買い取り海に放す。その翌朝継母と共謀した乳母が山蔭を海に落とす。そこで高房が観音に「再ビ我子ヲミセ給ハバ、速《すみや》カニ千手観音ノ像ヲ造リ奉《たてまつ》ラン」と祈念した結果、昨日助けた亀に山蔭は救われる。だが高房は観音造立の願いを遂げないまま亡くなったために、山蔭が遣唐使大神《おおみわの》御井《みい》に頼んで栴檀の香木を購入させるも、唐帝の横やりが入ったため、仕方なく御井は香木に銘を刻んで海に流す。播磨守となった山蔭が明石の浦で偶然にもそれを手に入れ、帰朝した御井から事情を聞く。そして長谷寺に参籠して、最初に出会った者を観音像の仏師にせよとの夢告を受けた後、賤形の童子に出会い、仏師とする。その童子が仏所に籠り一千日かけて観音像を拵え、その間山蔭も一千食を供する。[36] 観音像の完成とともに童子が長谷観音の化身だったとわかる。そして山蔭の死後に子供達が、京への運搬中に香木が動かなくなった摂津の地に総持寺を建立し観音像を収め、童子が籠った吉田神社内の仏所を今長谷寺と呼んだという、如無命名譚とは大きく異なり、観音造立をメインに、非現実的な話型を羅列した形の総持寺の縁起譚となっている。

この二話の先後関係について星田公一は、

> 山蔭の七男である如無のエピソードと、既に存在していたと思われる初期の『総持寺縁起』とを『今昔』の編者が結びつけ改作したものであった。

とし、高房―山蔭父子を原型とし、それが如無へと改作されたとする。[37]

一方池上恂一は、

> この説話の話型は如無の名と密接に関わっていたらしく、如無が登場しないのであればこの話型で語る必要もなかったはずである。

として、如無―山蔭を原型とし、観音造立譚は総持寺建立の経緯を知った「人間によって、先行説話に修正が加えられた結果」と述べている。[38]

両者にこのような相違が生じているのは、この二話がどちらも不完全な展開になっているためである。特に際立つのが、観音造立譚における亀報恩譚の存在である。『今昔物語集』では詳述されていた継母は、「乳母継母ノ語ラキヲ受ケテ」と登場するだけであり、しかも高房は観音に息子の無事を祈願するため、亀報恩そのものが全く機能していないのである。それでもここに亀報恩を挿入しなければならなかったのは、「山蔭と切り離せない伝承が存在したことを物語っている」と星田が言うように、高房――山蔭にせよ、山蔭――如無にせよ、亀報恩譚が山蔭と密接に結びついて観音造立譚よりも先にあったことを意味しているだろう。

それを示すのが、『朝野群載』所載の「総持寺鐘銘」の存在である。[39] これは山蔭の次男公利が延喜十二（912）年に総持寺に鐘を寄進するにあたって、山蔭が父高房の遺志を受け継ぎ、観音像を造った経緯を述べたものであり、山陰に最も近い立場からの発言である。だが、ここでは亀報恩には一切触れていない。もし生前の父山蔭に亀報恩譚が付随していて、それが総持寺創建に関わるのであれば、当然それに触れたものと思われる。したがって亀報恩譚は総持寺創建とは無縁のものとして存在した可能性が高く、両者はさらに時代が下った孫の世代以降に結びつけられたと考えられる。したがって、当初山蔭は亀報恩譚の主人公として世に認識されていて、それが彼の子孫を天皇沐浴への供奉へと導いたと考えられるのである。

亀という生き物は、海神の娘豊玉姫が「自ら大亀に馭《の》り、女弟玉依姫を将《ひき》ゐ、海を光《てら》し来到《きた》る」[40]というように、水の神の眷属として登場するとともに、「大亀河の中に出《い》づ。天皇、矛を挙げて亀を刺したまふに、忽に石に化為《な》る」[41]というように、亀自らも霊的な生き物として現れる。したがって亀の放生・報恩を伝える仏教譚も、見方を変えると水の神の眷属である亀の霊性の発現と言えよう。その霊性に関して、『今昔物語集』は「仏菩薩ノ化身ナドニテ有リケルニヤ」として仏教的に意味づけている。だが、順徳天皇が神今食・新嘗祭において「僧尼重軽服 幷《ならびに》 仏経之を憚る」[42]（『禁秘抄』神事次第）と訓戒するように、もし山蔭の亀報恩が仏教的意味合いの強いものだとすると、山蔭の子孫の沐浴供奉はこの禁止事項に抵触することになると思われる。亀報恩譚が本来総持寺創建とは無縁であったように、当時の人々は亀報恩譚に神道的な意味合い、すなわち自らの眷属が救われた返礼に水の神の加護を受けた、といった意味合いを読み取っていたのではないだろうか。

つまり、天皇は天の羽衣を着て豊受大神へと変身するのだが、その食物・穀物の神に最も必要なのは水の神の力であり、そのため水の神の加護を受けた山蔭の説話を反映して、彼の子孫が沐浴に与り、天皇の「御背を三度摩で」たのではないだろうか。

背中を撫でるという行為の例として、壬申の乱において高市皇子が、「臣高市、神祇《あまつかみくにつかみ》の霊《みたまのふゆ》に頼《よ》り、天皇の命を請け、諸将を引率《ひきい》て征討《う》たむ」と天武天皇に奏上した時、天皇は誉めて「手を携《と》り背を撫でて」油断するなと激励している。この後行宮《あんぐう》において天武天皇は雷雨に遭遇し、「天神地祇、朕を扶《たす》けたまはば、雷なり雨ふること息《や》めむ」[43]と訴え、雷雨を終わらせていて、それは天武天皇が「神祇の霊」に守られていることを意味している。したがって、高市皇子の背を撫でる行為も単なる激励ではなく、自らの霊力を皇子に分け与えたとみることができるかもしれない。

そして三度撫でることの意味そのものは明確にはしがたいが、昔話における三度の繰り返しは、たとえば貧乏から富裕へといった、立場・境遇の逆転を生み出す基本構造を形成する。

「鬼に瘤取らるる事」（『宇治拾遺物語』第3話）で言えば、鬼・翁・隣の翁と三度繰り返される舞を通して、瘤を持つ翁から瘤のない翁へと変身するのである(44)。

したがって、山陰の子孫が天の羽衣を着た天皇の背中を三度撫でることによって、人から豊受大神へと変身した天皇に水の神の霊力を付与し、天照大神の御饌都神になることを支えたのではないか、と考えられるのである。

おわりに

『代初和抄』が大嘗祭について「秘事口伝さまぐなれば、たやすく書き載する事あたはず」というように、大嘗祭は不明な事柄に満ちていて解明されていないことも多い。今回論じた沐浴に関しても明確に説明している史料はなく、全くの推測に過ぎない。だがもし少しでも妥当性があるとすれば、亀報恩という説話（＝フィクション）が、天皇の即位儀礼という厳粛な現実に深く絡まり、組み込まれている点が重要であろう。一つの話、その全くの無力な存在が伝統と規範に満ちた現実に影響を及ぼし、現実そのものを変えていく。その在り様に説話という文学が持つ力を如実にみることができるだろう。しかもその現実から新たな説話――山蔭が料理人の祖という説話が生まれ、現在まで根強く信仰されている。しかも山蔭は料理人の祖というだけでなく、「今様中興の祖」でもあり、[45]さらには上総の国に流された際源頼朝のために戦い「奥州伊達氏の祖」でもあるという。[46]しかも山蔭は説話だけでなく、散逸物語『山蔭中納言』や御伽草子『鉢かづき』の成立にも大きな影響を与えているのである。

『永和度大嘗會記』が「六位は山蔭流をもちゐられ侍《はべ》る事なれども、其の子孫なきによりて、この度はただの六位つとめ侍る。無念の事なり」[47]と吐露しているように、彼の子孫は衰退・断絶してしまったにもかかわらず、彼にまつわる伝説や物語が次々と生み出されたのはなぜなのだろうか。山蔭説話圏とでも呼ぶべきこの現象について、今回解明できなかった山蔭が亀と強く結びついた理由とともに、今後さらに追究していきたい。

注

（1）『江家次第』巻第十五「践祚下大嘗會卯日」。本文は、神道大系『朝儀祭祀編』四（精興社1991年3月）による。尚、「やまかげ」の表記「山蔭・山陰・山影」は、「山蔭」に統一する。

（2）本文は、『続々群書類従』第六輯『江次第抄』により書き下し、ルビ・波線は私に付す。以下の漢文資料も同じである。

（3）本文は、『群書類従』第六輯による。
（4）『大鏡』「道長（藤原氏物語）」。
（5）保立道久は「山蔭流藤原氏は、いわば『国母＝日本の母の母』の家柄、グレートマザーの家柄であったのである」（講談社学術文庫『物語の中世』第十章「秘面の女と『鉢かづき』のテーマ」2013年10月）としている。
（6）『中右記』寛治元年十一月十九日の条。本文は、増補史料大成（臨川書店 1965年9月）による。
（7）本文は、『群書類従』第二十六輯により、以後の引用も同じである。
（8）「大嘗祭の本義」（『折口信夫全集』3 中央公論社 1995年4月）
（9）『政治要略』巻二十六 年中行事十一月二（新嘗祭）。本文は、新訂増補國史大系（吉川弘文館 1999年6月新装版）による。
（10）「神宮祭祀と天皇祭祀―神宮三節祭由貴大御饌神事と神今食・新嘗祭の祭祀構造―」（『國學院雑誌』91巻7号 1990年7月）
（11）「大嘗祭―〝真床覆衾〟論と寝座の意味―」（『國學院雑誌』91巻7号 1989年12月）。後に『大嘗の祭り』（学生社 1990年10月）に再録。
（12）「大嘗祭・神今食の祭神」（『教科教育研究』27号 1991年7月）
（13）本文は、木本好信編『江記逸文集成』（国書刊行会 1985年5月）により、便宜上割注は省略した。
（14）西郷信綱は天の羽衣について、「古いもののような気がする一方、ことばとしては平安朝の匂いが感じられなくもない」とする（「大嘗祭の構造（上）—日本古代王権の研究（一）」（「文学」33巻 1965年12月。後に『古事記研究』未来社 1973年7月）に再録）。それを受けて高取正男も「貴族たちが大嘗祭の儀式次第などについて、有職の観点からいろいろ記述しはじめた時期」と隔たらない頃からの呼称とする（『神道の成立』平凡社 1993年6月）。

(15) 前注、高取正男文献。

(16) 平安時代中期までの用例を挙げておく。

「これやこの天の羽衣むべしこそ君がみけしとたてまつりけれ」（『伊勢物語』第16段）

「ぬれ衣に天の羽衣むすびけりかつは藻塩の火をし消たねば」（『蜻蛉日記』巻末歌集）

「ほころびて別るる雁のふるさとは今は縫ふらむ天の羽衣」（『うつほ物語』「あて宮」）

(17)『帝王編年記』巻十養老七年の条。本文は新訂増補國史大系（吉川弘文館 1999年8月新装版）による。

(18)『風土記』逸文（参考）「神女羽衣」。

(19)『風土記』逸文（丹後の国）「比治の真奈井 奈具の社」。

(20) 本文は、『群書類従』第六輯による。

(21)『瀬見の小川』二之巻「天之羽衣天之裳」（『伴信友全集』巻二所収。国書刊行会 1977年8月）。

(22)「水の女」（『折口信夫全集』2 中央公論社 1995年3月）

(23) 注（8）に同じ。

(24)『天皇の宮中祭祀と日本人』（日本文芸社 2010年1月）

(25)注(14)、西郷信綱文献。
(26)『兵範記』仁安三年十一月二十二日の条。本文は増補史料大成(臨川書店　1965年9月)による。
(27)注(6)に同じ。
(28)本文は、群書類従第一輯による。
(29)注(10)に同じ。
(30)『大嘗の祭り』序章(学生社　1990年)
(31)本文は、『古事類苑』飲食部四料理篇下による。
(32)「伊達氏由緒と藤原山蔭―中世人の歴史認識―」(『日本歴史』第594号　1997年11月)によると、伊達氏系譜や山蔭に関わる神社縁起には、「政朝・正友」という名が散見している。
(33)「山蔭中納言説話の成立―『長谷寺観音験記』の場合―」(『同志社国文学』第11号　1976年2月)
(34)巻第十九ノ29話「亀、報山蔭中納言恩語」。
(35)下巻第十三話。本文は、永井義憲校訂古典文庫第七十二冊(1953年7月)による。
(36)星田は注(33)の論文において、総持寺ではこの一千食の供進を山蔭が料理の祖となる理由としている、と注している。
(37)注(33)に同じ。
(38)「藤原山蔭説話の構造と伝流」(『講座平安文学論究』第四輯　風間書房　1987年6月)
(39)巻第一「文筆上(銘)」。
(40)『日本書紀』「神代下」。

(41)『日本書紀』「垂仁天皇三十四年」。
(42) 本文は、群書類従第二十六輯による。
(43)『日本書紀』「天武天皇上（元年六月）」。
(44) この話の成立に関しては、拙稿「隣の翁説話の考察」（『説話文学の方法』新典社 2014年2月）で述べた。
(45) 菅野扶美「山陰中納言ノート」（「梁塵 研究と資料」第1号 1983年12月）
(46) 注（35）に同じ。また『撰集抄』は零落した山蔭が難波の浦の女に子供を設ける話（巻6第4話「西山上人事」）を伝えている。
(47) 本文は、神道大系『朝儀祭祀編五』（精興社 1985年10月）による。

初出一覧

序　章《河と水》

「万物生滅の儚さを暗示する川と水」（『河川レビュー』100号　1997年冬季号　新公論社）をもとに、序章にふさわしく内容を変更した。

第1章《山》——文学は異界としての《山》をどう表現してきたのか——

「説話集に表れたわが国の山河」（『河川レビュー』105号　1999年春季号　新公論社）

第2章『方丈記』の方法——《予》と《蓮胤》——

「翁と童の遊行」（『日本文学』42巻7号　1993年7月）

後、『中世　日記・随筆』（日本文学研究論文集成13　1999年12月　若草書房）に一部改訂して再録した。

第3章　貴種流離譚と文学の発生

次の二編を一つにまとめた。

「貴種流離譚とはなにか」（『國文學解釈と教材の研究』第54巻4号　2009年3月10日）

「文学の発生と貴種流離譚」（『國學院大學紀要』第43巻　2005年2月14日）

第4章　蛇考

第1節　蛇との婚姻

「蛇との婚姻」（『國學院雑誌』第104巻第2号　2003年2月）

第2節　蛇への変身

「蛇への変身」（『國學院雑誌』第106巻第6号　2005年6月15日）

第5章　《性愛》の物語　──「虫愛づる姫君」を読む　──

「〈性愛〉の言説──『虫愛づる姫君』を読む──」（『源氏物語と古代世界』1997年10月　新典社）

第6章　醜女・産女・橋姫の考察

「醜女・産女・橋姫の考察」（『國學院雑誌』116巻2号　2015年2月15日）

第7章　山陰中納言と天の羽衣

「山陰中納言と天の羽衣」（『國學院雑誌』118巻8号　2017年8月15日）

跋

私は岡山県新見市の生まれだが、自宅の脇に風木谷《かざきだに》と呼ばれる小さな谷河が流れていた。幼い頃から風木谷の流れる音、と言っても河が増水した時だけ聞こえてくるのだが、その水音を聞き、またその小さな流れを見ながら幼い日々を過ごしてきた。

そして、その風木谷の反対側に私が卒業した思誠小学校が位置していて、その校歌にも風木谷が歌われていた。

岩間を洗う　風木谷
流れ流れて　ゆく水の
よどまぬ心　ひとすじに
至誠の道を　はげめかし

実はこの跋文を書くまで校歌のことはすっかり忘れていた。本書のタイトルである『ゆく河の水に流れて』は、『方丈記』の冒頭の一文と、空也（『閑居の友』上巻第五話）を、あるいは仲算（『撰集抄』七巻4話）を「水の流れより出《い》で来給へる化人《けにん》なり」と呼んでいることから、思い付いた書名である。

したがって、思誠小学校の校歌の、「流れ流れてゆく水の」という一節を思い出したとき、あまりの偶然にひどく驚かされるとともに、何か運命的なものを感じないではいられなかった。それは、幼い頃から慣れ親しんだ校歌は、あるいは風木谷は私の心の奥底をずっと流れ続けていて、知らず知らずのうちに私を「ゆく水の流れ」る世界へと導いて、このような水と河に関わる論文を次々と書かせたのではないかという、そんな思いである。

だから、このささやかな論文集は、まさに風木谷そのものと言えるのであり、そんな風木谷の流れる新見の地で余生を送る父敬典、そして母千枝子に、いつまでも元気でいてくれることを願って本書を捧げたい、と思う。

尚、この本を出版するに当たっては、國學院大學出版助成金（乙）の交付を受けている。ここに感謝の意を表したい。

山岡　敬和（やまおか　よしかず）
1955 年 9 月 27 日　岡山県新見市に生まれる
1981 年 3 月　國學院大學文学部文学科卒業
1986 年 3 月　國學院大學大学院博士後期課程修了
学位　博士〔文学〕
現職　國學院大學文学部日本文学科教授
著書　『説話文学の方法』（2014年，新典社）

ゆく河の水に流れて
―― 人と水が織りなす物語 ――
新典社選書 92

2018 年 12 月 25 日　初刷発行

著　者　山岡　敬和
発行者　岡元　学実

発行所　株式会社　新典社

〒101－0051　東京都千代田区神田神保町1－44－11
営業部　03－3233－8051　編集部　03－3233－8052
FAX　03－3233－8053　振　替　00170－0－26932
検印省略・不許複製
印刷所　惠友印刷㈱　製本所　牧製本印刷㈱

ISBN 978-4-7879-6842-5 C0395
http://www.shintensha.co.jp/　E-Mail:info@shintensha.co.jp